김말분 시집

내 마음
어떻게
전할까

한누리미디어

국립중앙도서관 출판시도서목록(CIP)

내 마음 어떻게 전할까 : 김말분 시집 / 지은이 : 김말분. -- 서울 : 한누리미디
어, 2011
  p. ;   cm

ISBN 978-89-7969-379-9 03810 : ₩8000

한국 현대시[韓國 現代詩]

811.7-KDC5
895.715-DDC21   CIP2011000441

詩가 좋아서 시를 읽다가
어느 날 나도 모르게 시를 쓰게 되었습니다
아니 내가 쓴 것이 시라고 생각하지 않았고
기라성 같은 시인들의 보석 같은 시하고는
거리가 먼―, 나만의 낙서라고 생각했습니다
우연히 『詩와 수필』이라는 계간지에 등단이 되고
등단과 동시에 좀 더 공부해야겠다는 긴장과
친구들과 가족들의 격려 속에 지금도 시인이라는
호칭에는 많이 부끄러운 마음입니다
그러나 나와 가까운 많은 분들이 주체 못할 자연 앞에서나
가슴 뜨거운 사연이 있을 때면
"여기에 말분이가 같이 했으면 얼마나 좋은 시가 나올까?"
아쉬운 생각이 든다고 하십니다.
아름다운 곳에서 과분한 마음의 초대를 받는다는 것은
비길 데 없이 행복한 선물입니다
부족하지만 보답하고자 동감의 흔적을 서로 나누기 위해
송이송이 계절 따라 피운 꽃들을 한 데 모아
꽃다발을 만들어 나와 인연한 모든 고마운 분들에게
바치기로 하였습니다. 감사합니다.

2011. 1. 지은이 김말분

내 마음 어떻게 전할까 _ 김말분 시집

책머리에 · 7

제1부 성향

차례

제2부 너도 바람꽃

내 마음 어떻게 전할까 _ 김말분 시집

제3부 立山 黑部(다테야마 구로베)

차례

제4부 구절초 피는 계절

내 마음 어떻게 전할까 _ 김말분 시집

제5부 그곳에 가고 싶다

제 **1** 부

성향

고운 빛 향기로 익은 열매를 보리라

우리들 놀다 갈 동산에 정성껏 가꾸면

성향(聲香)

말에 향기가 나는 사람이 되라.

신묘년 토끼해가 온누리를 밝힌다
귀여운 입은 다물고
두 귀만 커다란 토끼를 닮아보자

꽃들의 말은 향기다
우리들의 향기는 말이다
꽃은 지면서 향기를 잃지만
우리들은 떠나도 말은 남는다
그래서 사람이 꽃보다
아름답다고 노래 부른다

태양의 말은 빛이다
우리들의 빛은 말이다
태양은 지면서 빛을 잃지만
우리들은 사라져도 말은 남는다
그래서 사람이 태양보다
빛난다고 노래 부른다

마른 나뭇가지와
그 위에 내리는 하얀 눈송이
인연을 감사하는 아침인사 듣고
찾아온 새들이 노래 부른다

벗이여!
내게 향기로 다가와 빛이 되어준
그 숱한 말들이 행복으로 자랐으니
드디어 파종할 시절이 왔다네
우리들 놀다 갈 동산에 정성껏 가꾸면
고운 빛 향기로 익은 열매를 보리라

나목(裸木)

발자욱도 없는 설원
아침마다 하얀 어둠이 나를 부르는
나의 뒤뜰
뜨거운 진실이 두려워
무성한 잎새들 그늘에
자는 듯 기척 없더니
차디찬 순결이 두려워
다ー 버린 맨몸으로 죽은 듯 침묵 하나

시절 인연에 뿌리하여
나목은 인내의 한을 키우며
잔가지에 눈바람 소스라쳐도
기댈 가슴을 거부하는 고집이 서러워
땅거미 잦아질 때
엉~엉~ 우는 소리 내겐 들린다

시름없는 겨울 햇살아
눈꽃 녹이지 마라
보낼 때 아픈 것이 사랑이거늘
시름 없는 겨울 햇살아

그림자 지우지 마라
남아서 더욱 아픈 것도 사랑이거늘

대답도 없는 설원
불러볼 아무도 없는 나목

내 마음 어떻게 전할까

창가 나뭇가지에 작은 새 한 쌍
너무 반가워 살며시 다가가면
어느새 포르르 사라진다
내 마음 어떻게 전할까

찻잔 앞에 놓고 눈물만 보이던 그대
위로의 한 마디 찾지 못하고
뒷모습 보였던 마지막 그날
내 마음 어떻게 전할까

지난 밤 꿈속에 술잔만 기울이던 그대
떨리는 내 손 잡지 못하고
스르르 멀어만 가던 슬픈 눈동자
내 마음 어떻게 전할까

사랑했었다
어떻게 전할까

못가네 구~구~

乙酉 生 해방둥이 닭띠 가시내
혼란과 동란의 시절은 엄마 품에서
흰 쌀밥 지어 주먹밥 만드시는 엄마 조르며
누룽지 기다리던 기억뿐
넷째 딸 섭섭이에 병약한 나를
토닥이며 들려주시던 엄마작 이야기
옥황상제의 노여움으로 땅으로 내려온 선녀가
날개옷을 도둑맞고 닭으로 변해
밤새 기다리던 아버지, 동이 트일 무렵이면
"연조사! 연조사! 그만 살고 올라오니라~"
"못가네~~ 구~구~" 그리하여
우주의 기운을 많이 받고 태어난 닭띠니라
40년대니 60년대니 귀한 자료가 된 흑백사진
한 손으로 업은 아이 받들고
다른 손으론 머리에 광주리 이고
무명치마 끈 사이로 젖가슴도 잊은
나의 엄마 우리의 엄마가
꼭 쥐어준 호미자루 하나로 일구어온 나날
못가네~~ 구~구~ (꼬꼬댁~~ 꼬~꼬~)
새벽을 여는 종소리 닭띠 가시내들

혼자 걷는 도봉산

눈 덮인 도봉산에 혼자 걸어보자
엄마! 할머니! 이름 부르는 소리 멀어지고
내 몸에 맞지 않아 거북스러운
헛 웃음 헛 인사 허튼 소리도 벗어나
하늘에서 떨어진 낯선 나를 데리고
큰 산 많은 무리들 속에서
혼자 걸어도 혼자가 아니다

발길 멈추고 넉넉해 보자
고목이 된 칡넝쿨 어디까지 감고 사나
작은 산새들 폴싹거리는 몸짓 따라 휘파람 불고
산은 살아 있어 바위틈으로 고드름 흘린다
더 높이 오르는 부러운 뒷모습들 격려 전하고
하얀 눈길에 하얀 콧노래
못 보던 벗들이지만 없었던 것은 아니다

부모님 품인 듯 산에 안겨 보자
상을 내느라 굳은 머리부터 내려야 팔 벌려 주지
바위벽 먼지 한 줌에 뿌리내린 나무가 손을 내밀고
따라온 삶의 때를 땀방울로 씻어준다

채워진 마음은 비워야 신선을 만날 수 있다고
들려주는 봄날 이야기는 늘 새롭다
눈바람 차지만 품안은 따뜻하다

적멸보궁

님 계신 태백산에 눈이 내립니다
포대화상 함박웃음을 닮은 눈이
소리 없이 내립니다

선불지장(選佛志場) 기를 받고
하얀 비단길 눈꽃 뿌려주시며
자비를 베푸시니 극락정토가
예 아니 또 어디메일까요

생사거래가 구름 한 조각이라 하옵시며
연꽃 한 송이를 보여주시던 뜻을
정암사 법당에 님의 향기 가득하여
비로소 알아보리라 합장하옵니다

님이시여!
사랑해도 사랑하지 말라시기에
차라리 수마노탑을 지키는
허공이고 싶으옵니다
천년의 주장자로 참선중인
주목이고 싶으옵니다

어머니를 닮은 그대 웃음

그대 눈빛이 뜨거울 때
나의 속눈물 얼어붙었고
그대 눈빛이 차가울 때
나의 속눈물 뜨겁게 흘렀다
꽃이 되지 못한 까닭이었다

그대 떠나고 아니 올 때
나의 기다림 바람으로 흩어졌고
그대 돌아와 하늘 가릴 때
나의 기다림 바람으로 머물렀다
꽃이 되지 못한 까닭이었다

뜨거운 눈빛 속에
붉은 장미꽃 피더니
떠나고 아니 오는 하늘가에
기다림 바람으로 머물어
하얗게 눈꽃으로 피었다

어머니를 닮은 그대 웃음
하얗게 눈꽃으로 피고 있다

눈이 내린다

약속의 한 마디를 믿었나요
문득 그 한 마디를 찾아 서둘러 나선 거리
기다리던 옆모습 사라진 빈— 창가
지친 영산홍 울타리에 눈이 내린다
눈꽃이 피고 있다

해맑은 웃음을 믿었나요
문득 그 웃음을 찾아 설레며 나선 거리
낯익은 정류장 낡은 이정표 쓸쓸한 그림자
서로를 데우는 내 손등에 눈이 내린다
눈물이 떨어진다

따뜻한 손길을 믿었나요
문득 그 온기를 찾아 달려온 바닷가
잊어라~ 우짖는 목멘 갈매기
흐느끼는 파도 위에 눈이 내린다
눈이 바다를 마신다

그대여! 사랑하는 그대여!

오래된 철길엔 오래된 기다림이 하얗게 바래고
맞물린 운명으로 뜨거워진 목소리
이젠 지쳐서 거두려는 숨결 위에 누웠다

그날처럼 눈이 내리는 뜸한 간이역
그대여! 사랑하는 그대여!
덧니를 감추려다 들키는 그대 웃음
보이지 않고 해 저무는데
사랑을 감추려다 들키는 그대 눈물
마르지 않고 목 메이는데
떠나는 열차 꼬리가 되어 흔들어 주던 손

가파른 언덕 매무새 여밀세라
기척 없는 솔바람이었나
눈꽃 피던 벚나무 꽃술 닿을세라
부러진 삭정이였었나

오래된 철길엔 오래된 기다림 녹슬고
어두운 낮과 밝은 밤을 달려온 쉰 목소리
이젠 길어진 모가지 두 다리로 학이 되어 날은다.

토끼 수난기

북쪽의 한파 덕분에 얼음축제가 성황이다
스물거리던 에너지를 한껏 휘두르는 아이들
호기심을 만족시키기에는 너무 단순했던지
짚으로 엉성히 거처를 만들고
체온이 남아있는 토끼들을 장난감으로
풀어 놓은 듯 굴레를 씌운 동질의 불감증에
결사적으로 엎드려서 끌어내는 아이들
놀란 토끼 눈은 이미 유리알이다
숨어 들어갈 땅굴도 헤어날 구멍도 없다

멍석 위에 누워서 바라보던 보름달
그 속에서 계수나무 절구질하는 토끼는
전설만은 아니었다
별주부에겐 그토록 지혜롭더니
거북이와 경주하다 볼모가 되었나
영혼이 얼어붙어
깡충거리며 놀던 숲길
포기했을까 아주 잊었을까

겨울 바다

목 안 가득 눈이 쌓여 얼어붙으면
나는 겨울 바다 그 바닷가에 녹이러 간다

동으로 가는 직행버스
차창엔 그 사람 하얀 웃음이 피고 있고
귀밑머리에 운명처럼 떨어지던 신열의 젊음
나의 소멸 없이는 뜨거움 그대로 기다려주네

바라보는 연륜만큼이나 짙어진 수평선
파도는 그 사람 투명한 노래를 실어나르고
다문 입술에 타협의 무게로 키우던 진주
나의 소멸 없이는 고운 빛 그대로 기다려주네

억겁의 발자취 묻고 우는 모래밭
찬 바람 그 사람 눈물을 속죄처럼 안고
외로운 어깨 위로 기대오는 하늘
나의 소멸 없이는 푸른 사랑 그대로 기다려주네

가슴 가득 눈이 쌓여 얼어 붙으면
나는 겨울 바다 그 바닷가에 녹이러 간다

남겨 논 내 마음

찻잔에 새로운 물을 따르고
홀로 마신다
찻잔을 내려놓고 조금 남긴다
마주보면 벗이 된다
남겨 논 내 마음과 놀기로 한다

벽에다 새로운 카렌다를 걸어두고
시간에다 옷을 입힌다
벽에다 또 한 장 아직은 며칠 더 남았다
바라보면 그대가 된다
남겨 논 내 마음과 사랑을 한다

난 화분을 책상 위에 옮겨놓고
모차르트를 들려준다
난잎 사이로 허공이 가늘게 누웠다
나란히 누우면
남겨 논 내 마음과 동침을 한다

2010년 12월 24일 00:00시
남겨 논 내 마음
無자 위에 내리는 하얀 눈송이

2박 3일 홀로여행

옆자리도 빈 - 홀로여행
오로지 나만의 깃털로 나래를 짜고
개울물 맑게 흐르는 차창 밖으로
내 마음 한 덩어리 첨벙 던진다

숙면의 아침이 연한 장밋빛으로 열리고
머리에 하얀 모자를 쓴 설악산 신령 아래
아직은 가을인 앞산 너머로
정수리만 보이는 바다가 기다린다

낙산사 그을린 나무 밑둥에 앉아
멀리 수평선 돛을 띄우면
누구라도 절로 묵언 수행중이거늘
홀로 왔다 홀로 가게 될 나라는 물건은
누구의 고삐에 매여 오락가락하는가

서로 부대끼며 외로움을 데우는
숲에 절인 바람소리 온천수에 녹이고
다시 열리는 아침이 반겨주는 바닷가
손마디만큼이나 두꺼운 황태국 인심을 만나자

미루나무 그림자

보고파 하는 사람
아무도 없고
기다려 주는 사람
아무도 없다

보고픈 그 사람은
언제 올려나
하루내 기다리다
저문 신작로
미루나무 그림자
더욱 쓸쓸해
남 몰래 흐느끼는
그믐밤 달빛이여

누군가 어느 생에
나로 因하여
심어 논 외로움을
거두는 걸까?

사랑했던 사람아

대답해다오
부르다가 목메여
잠든 벤취에
미루나무 그림자
팔베개 주며
잊어라 꿈이니라
보름밤 달빛이여

물어볼 일은 아니다

낙엽 속에서 수선화가 피었다
물어볼 일은 아니다

고목에서 매화가 피듯이
얼음 속에서 바람꽃 피듯이
이유가 없는 것이 바로 이유다

배꽃은 하얗게
능금꽃은 붉게
스스로가 꽃이 되어
피어보면 알 일이다

우리네 사랑도 그러하여이다
보도블럭 틈새 피고 있는 민들레
느티나무 그늘에서 목이 쉬는 매미
강아지풀 머리에 졸고 있는 잠자리
솔잎에 내려서 꽃이 되는 눈송이
피하지 못하는 인연으로 모두가
어느 시절 사람으로 태어나면
왠지 그립고 설레이겠지

사랑이란 고리는 끊을 수 없을까
이별이란 슬픔은 왜 같이 하는지
저만치 정상은 바로 앞산인데
험한 길 한 발자국
지팡이도 눈을 뜨라
손잡이 낡았으니 두 눈 뜨고 살펴라

강물은 어디로

적당히 서울 살고 있다며
귀향할 수 있는 북쪽 수도권
국철 개찰구 앞에서 기다리고 있는 동안
맑게 한 줄기로 흐르던 강물은 어디로
방송에 매달려 지친 졸음을 안고
열린 댐의 황톳물처럼
쏟아져 나오는 사람 사람들
그 중 인과 연의 줄긋기 시험지마냥
만남과 헤어짐의 손짓들

반가운 악수조차 어설프게
가져온 일상을 보듬는 것은
나를 떠나려는 강물을
이미 떠나버린 강물을
찾아야만 하는 돛단배의 풍향
바람의 입맞춤에 떨지 못하고
등 돌리며 찾아보는
강물은 어디로
기도는 슬픔인 줄도 모르는
빈 흐느낌 혹은 가득한 눈물

보고 있어도 보고 싶다는
유치한 미완성으로 전시된 완성
날세운 채찍의 푸른 빛이여
맑게 한 줄기로 흐르던
강물은 어디에

님을 찾아 가는 길

거미는 몸으로 집을 짓고
나는 인연으로 집을 짓고
집은 지은 자보다 번쩍이더니
지은 자를 삼킨다
발목에 신겨진 꽃신만 보고 걷다가
주저앉아 쉴려니 하늘이 문을 연다
다시 홀로 가야 할 길
님을 찾아 가야지
말씀 하나 달랑 짊어지고 가벼운 발길
눈 덮인 길엔 무심만 휠~ 휠~
사랑은 오로지 사랑을 위해서만
행복은 오로지 행복을 위해서만
돌아보면 불바다가 되는
세세 생생의 언약
눈꽃송이 휘날려
일주문이 뿌옇게 흐려져도
뒤따르는 발자취 돌아서리라
아! 나를 찾아가는 하얀 길
님을 찾아 가는 길

겨울산행

쌓인 눈길에 처음 발자국
까치 한 마리 짝을 부르는 소리
뒷산을 넘어 앞산으로 돌아와 그 속에 잠긴다

아가의 눈동자 속에만 살고 있는
본래 그 자리
나의 찬 뺨 위로 뜨겁게 흩날려
큰언니 웃음, 울음 같은 솔내음

더욱 높은 곳으로 더욱 깊은 곳으로
행복을 길러다 배를 채우는
냉소의 온실에서 멀어지이다

한숨 돌리는 바위등걸에
신령님의 조반 같은 눈 한 사발
쥐었다 펴 보면 빈 손바닥
어느새 사라지는 한 웅큼의 삶

쌓인 눈길에 남은 발자국
마른 잡초 끝에 꽃망울의 인내
소란스런 계절 보내고 그 속에 잠긴다

작은 배 하나

혼탁한 세상을 씻어 나르는
황토빛 들뜬 홍수를 달래어
남길 것은 아래로 보낼 것은 바다로
제 스스로 채질하여 알곡식 소롯이
어느새 하늘을 닮아가는 강물
여울 따라 동행할 별을 기다리던
홀로 새운 밤을 지울 수 없어
푸른 옷고름 다 잡아 동이는
작은 배 하나

동갑내기의 잔을 채우는
수국향 수다를 남기고
돌아오는 뱃전에
조금씩 잊혀져도 모두 잊을 수는 없어
그날도 지금처럼 무덥던 7월의 오후
여울 따라 동행할 별을 기다리며
홀로 흐르는 오늘을 채워야 하기에
푸른 치맛자락 다시 여미는
작은 배 하나

얼어붙은 눈물의 빙하가 녹아내리듯
진종일 내리던 빗줄기 그친 아침
여운으로 내려앉은 하늘도 깃을 펴고
바람 가는 섬마을
구름 가는 청산으로
여울 따라 동행할 별은 없어도
홀로 흐르는 넉넉한 가슴 태우고
푸른 바람 돛을 세우는
작은 배 하나

STEVE McCURRY
— 진실의 순간전

5월의 일요일 오후 세종문화회관
12세 아프가니스탄 소녀의
초록 눈빛 속으로 빨려 들어간다
인도, 남아시아 여러 나라의
전쟁 속의 인간 고뇌와 처절함
자연재해 속의 인내와 의지를
가장 강렬한 눈빛으로 세상에 알리고
그들에게 한 가닥 빛을 호소한다
죽음을 각오한 한 컷 한 컷에
우리가 알지 못하는 지구 위의
고통과 슬픔을 사진으로 전시하며
우리의 일상에 감사하라는 시선과
서로 나누지 않으면 안 될 필연과
예술이 삶에 헌신하는 방법과
누리는 것이 아니라는 반성도 배운다
육체의 아픔 속에서도
내면의 자유, 완전한 자유를 향한
믿음 가운데 짓고 있는 미소가
저무는 서울거리에
고개숙인 행보를 전해 준다

제 2 부

너도 바람꽃

머리 올린 소복의 가르마를 지우고
족두리에 떨리는 별을 달았나

너도 바람꽃

낙엽 쌓이고 눈마저 쌓인
첩첩산중 된서리에
숨죽인 청산의 우는 물길 위로
눈바람 시샘바람으로 서걱이더니
산에 사는 사람아! ～～～
검은 밤 하얗게 귀청 울리며
너도 바람꽃 피고 말았나

너 보란 듯이
나 보란 듯이
머리 올린 소복의 가르마를 지우고
족두리에 떨리는 별을 달았나

하늘 위 가지 끝에 매서운 눈초리
땅 아래 얼음골 차디찬 귀초리
너도 바람이고
나도 바람인데
만년 돌비석 하늬바람이고 싶다만
봄바람은 꽃바람
너도 바람꽃 피고 말았나

단양에서 슴베가 되다

남한강을 흘러 내려오고
소백산을 거슬러 올라와서
우리는 단양 수양개에서 슴베가 되다

비로소 어엿한 모성에서 이루어진 웃음으로
등나무 그늘에서 마냥 얼싸안고
머금었던 목련 봉오리 터지듯
서로의 이름을 불러주어 도담삼봉이 시샘하네

바라다보고만 살아야 할 그대처럼
사인암 그림자만 먹고 사는 운선구곡
드디어 구름으로 열반하고
쌓고 또 쌓아도 허공은 허허롭기만 하더란다

수 만년 전 홍수아이 돌 쪼는 소리
바람에 휘돌아 발 아래 머물고
여고 졸업 45주년 짧은 만남 아쉬운 수다가
오늘은 영산홍 꽃잎에서 살째기 들뜬다

기지개

아침은 언제나 봄이다
봄은 기지개 켜는 사랑이다
눈 덮인 산 그 주름골 밑으로 흐르다
얼음 두터운 강물 그 턱 밑으로 흐르다
햇살 지피는 가지 끝에 매화로 핀다
매화는 잎새들 보고파
안달안달하는 소녀로 아담하다

사랑은 언제나 봄이다
봄은 기지개 켜는 눈물이다
가슴 속 열두 대문 그 문살에 수줍게 흐르다
샘물 속 달과 별 자리는 밤에 모르게 흐르다
입술 떨리는 가지 끝에 목련으로 핀다
목련은 그리워서
홀쩍홀쩍이는 소쩍새로 날은다

눈물은 언제나 봄이다
봄은 기지개 켜는 고독이다
고독은 징검다리 디딤돌로 두렵게 흐르다
바다 속 썩은 산호초로 아름답게 흐르다

초연한 산허리에 구름으로 핀다
구름은 아쉬운 꿈
사락사락 적시는 빗방울로 사라진다

궁금한 수선화

알고도 모를 일은
이미 알고 있지만
모르고 싶은 일이다
봄이 앞선 어느 날
꽃말이나 전해야지
미소가 젖은 자락에
바람이나 여며야지
바다는 왜 한사코
나만 꾸짖고 섰는가

봄이 옆자리한 이 순간
어째서 궁금한지
참아온 가지 끝에
참지 못하는 봉오리들
꽃잎 갈피갈피에
부질없는 사랑 이야기
지워도 다시 뚜렷이
파도는 왜 한사코
너를 부르며 우는가

우리라고 입버릇 했던가
시간이 흐르면 지워지는 말
모래 위에 흔적을 찾는
궁금한 수선화

당신을 5월에 초대할게요

천국이 어떤 곳인지 알고 싶나요
당신을 5월에 초대할게요
5월은 아가의 눈빛입니다
연둣빛 아가의 웃음입니다
잎새들의 옹알이를 닮아
새들은 노래하지요
꽃들의 재롱을 닮아
시냇물은 춤을 추지요

사랑이 어떤 것인지 알고 싶나요
당신을 5월에 초대할게요
5월은 아가의 고사리 손입니다
연둣빛 아가의 눈물입니다
잎새들의 연한 귓속말 듣고
어느새 부드러운 목소리네요
꽃들의 찬란한 아픔을 보고
어느새 따뜻한 가슴이네요

행복이 어떤 것인지 알고 싶나요
당신을 5월에 초대할게요

5월은 아가의 까치발입니다
연둣빛 아가의 새근새근 꿈결입니다
잎새들의 발돋움만큼
당신도 하늘을 보며 감사하네요
꽃들의 아름다움에 발을 멈추는
당신도 시인이네요

아가를 품에 안고 잠든 당신은
사랑으로 행복한 천국의
연둣빛 그리움입니다

자꾸만 보채는 봄비

도래질로는 떨칠 수 없는 봄
단검으로도 벨 수 없는 빗방울
마시다 허우적거리는 연륜에
자꾸만 보채는 봄비
찬바람 그림자는 불꽃이리라
가시끝 가지엔 장미가 붉다
물길에 기댄 채 난간을 서성이다
메아리 울어도 침묵한 세월
우듬지 미소는 뿌리내린 시련
첫 울음소리 가지 끝에 맺히는데
젖은 우산보다
젖은 내가 덜 외로워
취해서 춤추는 옷깃에
어쩌자고 봄비는
자꾸만 보채는지

목련

하이얀 기다림이 엄동설한에 맺혔다가
구름으로 빚은 새들처럼 목련이 핀다
미풍 한 자락에 사립문 나서는 버선발
한 잎 두 잎 들켜 버린 속내마저 거둘 수 없어

님이시여! 나를 보듬어 줄 님이시여!
지난 여름 사진 속에 넓은 가슴 청청하게
온갖 새들과 노래하며 춤추고 놀더니
어찌하여 작별 인사조차 단속이온지
눈물 머금은 미소로 활짝 핀 어깨 위로
설한풍 한 자락 손 흔들며 한 소식
나와 님의 만남은 하늘가 어디메

하얀 새들 구름 되어 날아간 자리에
초록으로 나서는 미운 잎새들
삼복더위 종일토록 저만 푸르던가
살을 에이는 기다림 없이는
오지 않는 꽃이더라
구름으로 빚은 새들처럼 목련이 핀다

벚꽃길을 걸으며

구름 위의 어느 마을이었나
하얗게 눈꽃 피던 길
밤마다 요정의 방에
달빛 잦아들더니
꽃으로 피는 구름아
구름으로 머문 벚꽃이여

강물 위에 놀던 바람이었나
돌팔매 홀로 철없던 길
밤마다 실루엣 방에
별빛 너울지더니
꽃으로 피는 바람아
바람으로 머문 벚꽃이여

노랑부리 왜가리 한쌍
한나절 꽃잔치에
나를 기다리는 적막
흔한 아픔을 차라리
눈웃음 흩날리는 벚꽃길을 걸으며

두물머리에선 혼자이고 싶다

어린 동생이 잠든 사이
얼른 베고 누워 보는 엄마의 무릎
서럽도록 포근하고 따뜻한 행복
초록의 색연필만 잡은 채
하염없이 바라보다 하얀 도화지만 남았던
강 건너 물안개 드리운 꿈결 같은 신비
숙배 바지에 운동장을 누비던 아픔을
잊으려 뒹굴던 강둑의 클로버 아! 꽃내음

마당 가득 꽃밭을 가꾸시던 이른 아침의 아버지
커다란 가마솥 김에 서려 행주질하시던 어머니
비늘처럼 번쩍이는 물결 위로 떠오르는 모습들
400년 도당할아버지 굽어보는 별자리에
잃어버린 추억이 고스란히 고여 있어
황포돛대에 바람 싣고 고향을 만난다
그리하여 두물머리에선 혼자이고 싶다

봄소풍

햇살이 주는 온갖 색깔을 다 머금고
무정의 침묵까지도 깨어나
오래 전 하늘사람을 맞이하는 축제가 열린다

늦은 벚꽃 겹으로 풍성한 연분홍 설레임으로
우리는 갈래머리 묶고
턱밑에 리본을 뽐내던 여고생이 되고

출렁이는 유채꽃
노오란 바람에 부푼 돛을 띄우고
옛사랑 목청껏 부르는 공주님이 된다

덕동댐을 돌아가는 산길은
잠긴 산사 어느 고성의
금실 은실 수놓은 가사 자락일까

굽이굽이 골짜기를 따라가다
어느덧 감포 앞바다
대왕의 용틀임이 불어와
친구들 손등에 파도되어 철썩이고

그 파도 소리 귀담아 들어줄 후손을 찾으면
바친 세월이 덜 시려울라나……

60을 접고 다시 셈하는 눈썹달이 걸린 月池
어디선가 기러기 날갯짓 보일 것 같은
불빛 아래 서서 두 손을 모은다

마무리하고 떠나는 날 그곳은
완전한 자유를 얻어 멸하지 않는 땅
나마저 꽃으로 피는 봄소풍 되게 하소서

봄나들이

2월에 첫돌 지낸 손자녀석 꽃잎 같은 발에
신을 신기고 봄나들이 나간다
아그장 아그장 짝짜꿍 야~
봄을 만난 병아리 같다
사랑스럽다는 말을 물에 씻어 봄볕에 말리면
더 새롭고 신선하고 그런 말 만들어질까

목련은 하얀 새들처럼 가지 끝에 내려앉고
영산홍 연붉은 웃음이 햇살처럼 번지고
개나리 노란 자락 휘감고 춤을 춘다
손자녀석과 나는 시이소 시이소
같은 무게로 즐겁다

사랑스런 아가야! 준원아!
훗날 할머니와 봄나들이 기억에 없어도
너의 생일 지나면
겨울 잠에서 깨어나는 찬란한 봄을
아무런 대가 없이 주기만 하는
꽃과 나무와 새들과 그리고 너와
모든 자연을 안고 키워주는 대지에
감사하고 가슴으로 함께하여라

꿈

강기슭 돌틈에 민들레 한 송이
홀씨 되어 가벼이 강을 건넌다
물맛 실컷 보았으니 미련은 없다
햇살 부셔도 마음껏 날아서
하늘에 어정쩡 머문 구름이 되자

잃어버리고 잃어버린 줄도 모르면서
언제나 봄인 줄 우기던 시절
바람 따라 부푼 허공 가누지 못하고
하늘이 떨어져 강물이었다

흐르고 흘러 바다를 만나고
아~ 바다에는
꽃이었던 나와 바위였던 너와
낯이 익은 모두가
별이 되는 꿈을 꾸고 있었다

어쩌라고 진달래는

발 옮길 자리에만 눈이 머문 산길에
연분홍 웃음 하나 떨어집니다
웃음 하나 주워서 어깨에 메고
내려다보는 숲속에
진달래꽃 수놓인 치마폭 한 자락
부푼 자락 속에 숨은 두려움
어제 동행이 오늘 흔적 없다니
선한 모습 나 또한 그 모습 될 터인데
어쩌라고 진달래는 호들갑인가

마른 가지 물질소리 아직인 듯한데
가지 끝에 먼저 앉은 꽃이여
봄을 알리려는 너의 갸륵함에
그리도 고운 빛을 내리셨을까
땀방울 씻어주는 너그러운 바위에
고향 뒷산의 참꽃 맛 안주삼아
봄을 가득 정을 가득 채우고 비우며
허튼 웃음 한 무데기 정상에 띄웠는데
어쩌라고 진달래는 잊은 나이를 물어오나

팔봉산 아래 홍천강에서

햇살에 속살 비치어 수줍은 날은
따라오며 내 안에 쓰러지더니
봄비 내리는 5월 멀어진 오늘
침묵으로 대답 없이
초록초록 곁눈만 주는 산맥이여

천년의 몸부림 굽이굽이 흐르다
팔봉산 아래에서 굽이치는데
속마음 알았는지 바닷길 바쁜 길
언제고 너를 삼켜 모래알로 토하리

지저귀는 산새들 귀 기울여 물어볼까
숲속의 사연을 아는지 모르는지
목만 축이고 숲속으로 숨바꼭질하네
훌쩍이는 내 어깨에 무지개의 여신
보랏빛 붓꽃이 도래도래 도래질하누나

진도에서

밤잠을 설레인 봄소풍
45년 전에도 봄소풍 아침은
유채꽃 노~란 웃음 흐드러지고
청보리 초록의 파도에 술렁이었지
인연 따라 날아온 마음의 홀씨 하나
전라남도 영광 법성포에 싹을 틔우고
울돌목 건널 땐 바닷소리 울어
목포의 눈물 부르던 큰언니 목소리
길목을 돌아돌아 내가 부른다

셋방낙조에 따라온 먼지 사라지고
또래가 기다리는 서편 바다 끝
드디어 눈부신 만남의 순간
아쉬운 꿈이었지만 아름다웠노라고
한 잔 가득 홍주로 축배를 든다

안개로 눈을 씻는 새들의 아침
별을 건지려 자맥질하다
나래 접고 섬이 된 조상들의 소문
찌르르, 휘휘, 쫑알쫑알 전하려 하고

다소곳 집을 지어 님을 기다리며 살고픈
아리랑 고개 쓰리랑 고개는
아린 가슴 쓰린 가슴 해풍에나 전하는
조도(鳥島)의 식솔들 가슴에 있었다

나도야 임금의 벼루에 먹물을 찍어
운림산방 연못 속 배롱나무 한 폭을
금골산 바위에 걸어두고 뒤돌아보며
섬이 되어 새가 되어 바람이 되어
초록 바다 무인도에 살아봤으면

3월의 제주도

유채꽃 노잘노잘 한 무리 오름 지나
파도가 삼육각 조각하는 주상절리
감귤은 익어가는 사랑 놓을 줄 모르고
눈보라는 꽃샘바람 따라와 변명이 구구절절

일찍이 저 홀로 한가하리다
남으로 분가했던 그녀
치맛자락 열두 폭에 영주십경(瀛州十景) 살랑이며
올 적마다 새록새록 오색의 성찬
떠날 땐 진정이었던 기약 믿은 적 없어도
3월이다 봄이다 설레이는 그녀에게
애기구덕 콩새 한쌍이
콩콩이 물어다 바친 요술의 스카프
바람에 날릴 때면 수줍던 햇살 외로워
금세 눈시울 핑 돌아 구슬 같은 눈물

드디어 하얗게 한으로 쌓이면
다투던 꽃들이 모두 한 마디
그녀의 속마음 아무도 몰라
3월이면 봄치장 하루에도 열두 번
누가 그녀를 참사랑으로 달래줄까

외도

밤꽃이 구름처럼 피어 있는 6월
통영을 거쳐 거제도 해금강
동남으로 황홀한 바닷길
닻을 내린 외도
아끼지 않은 손길로 가득하다

푸르다가 푸르다가
풀잎으로 떠 있는 섬
아침 햇살이 한아름
별을 쏟아 내리고
신들린 북소리
수평선 끝으로 돌아돌아
한숨 돌리는 쉼표로 찍히고

용서하다 용서하다
꽃이 되어 버린 섬에
하얀 파도는 한을 푸는 춤사위
지칠 줄 모르고
껍질 속에 상처로 앓던 추억
꽃이 되어 활짝 피고 있다

갑분이 시집을 가네

얼었던 개울물 녹아 내리고
연둣빛 버들피리 불며
노고지리 밭이랑에
파르르 파르르 내릴 때
동네 아낙들 방망이 두드리며
빨래터에 소문소문 꽃 따라 피운다

아가야 저기 좀
건넛마을 갑분이 시집을 가네
갓쓴 기럭아빠 도포자락 앞세우고
나물 캐던 누나 친구 가마 타고 가네
과수원댁 총각 싱글벙글 신랑되어
청사초롱 앞길 밝히며
말 타고 섶다리 건너 장가를 가네

이바지 머리에 이고 웃각시 뒤따르고
칠거지악 굴레도 치마폭에 따라가네
댕기머리 곱게 빗어 옥비녀로 올리고
두 손 꼭 잡고 눈물 감추던 엄마 생각에
수줍은 족두리 아미 위에 울먹여

복사꽃 연지곤지 얼룩질거나

뒷산도 살포시 물안개 드리운 채
옷고름 풀어주는 꽃잠 다독이며
아— 봄이로다
꿈이로다
매운 노래 들려주네

    —큰스님 하사하신 그림을 보며

어느 봄날에

내 곁엔 침묵도 숙연했는데
언제나 내 곁을
떠나지 않는 그대
몸과 마음이 언덕을 찾을 무렵
나무 한 그루
나도 인내하는 나무였었다
해와 달이 짜놓은 비단 같은 봄날
꽃들은 어디에서 왔는지 두렵다
정작 두려운 것은 나무의 뿌리
지켜야 하리라는 자리매김
하여, 미동도 없이
홀로 우는가

그대 곁엔 다짐도 멀어졌는데
언제나 그대 곁을
떠나지 않는 나
몸도 마음도 하늘을 날을 무렵
새 한 마리
나도 자유로운 푸른 새였었다
시절 다 보낸 추억 같은 봄날

꽃들은 어디로 가는지 두렵다
정작 두려운 것은 나래짓의 진실
위하며 살리라는 우격다짐
하여, 붉은 유혹 입에 물고
길을 잃었나

불, 다, 행이 모두 하나

불행 중에는 다행이 있고
다행 중에는 행복이 있다
행복을 위해서라며
긍정을 일삼다
존재하는 것이 다행이라는 말
눈 쌓인 산길에서도 아니고
바다 건너 여행길에서도 아닌
집 앞 남은 눈두덩이에서 미끄러져
오른팔이 아니고
허리 다리도 아닌
왼팔이 석고 붕대여서
이구동성으로 다행이란다

유채꽃 피었다고 겨울 잊었더니
너도 바람꽃 따라 늦바람꽃 맞바람
방심한 순간으로 할매바람 시샘
남의 나라, 남의 동네, 남의 집에서만
불행이 찾는다는 것 결코 아님을
알게 되는 평등은 다행인 것이다
기울어진 목소리 듣고 이웃이며 친구들

따뜻한 위로가 한 바구니
상큼한 딸기빛처럼 행복하다

2010년 3월 새옷 갈아입으시러 가신
법정스님 먹물장삼에 스민 향내음
비워진 기도 속에 채워지는데
행복은 그대에게 불행은 나에게
불(不), 다(多), 행(幸)이 모두 하나
목련 가지 끝에 하얀 미소가 손짓한다

제 3 부

立山 黑部

(다테야마 구로베)

자연의 재산을 빼돌리는 인간의 이기심
그 저력의 한계는 어디까지

立山 黑部(다테야마 구로베)

일본의 북알프스라 알려진
우아하고 신비로운 산이 가까워지고
긴 시간 운전한 사위를 포함
어린 아가들과 일곱의 우리 식구
산의 체온이 불어오는 창을 열고
야! 멋있다!
유치원생 손자가 먼저 감탄한다

어린 벼이삭이 피어나는 들을 지나
가까운 듯 한참을 숲속으로
무색의 야생화 자리하듯 다소곳
우리를 반기는 통나무집
도쿄의 살인 더위 보도를 보며
우리는 두꺼운 양털 이불을 준비한다

6월에야 눈이 녹아 8월의 열기를 달래는
다테야마를 향해 토로리 버스로 긴 터널
1500m 구로베 댐 전망대를 오르는 220계단
세 살난 손녀들은 아빠 엄마 몫이다

숲을 짜낸 물빛의 댐을 바라보며
준비한 오니기리를 맛있게 먹고
친구들에게 엽서를 쓰는 행복에 젖는다

아슬아슬 비어 젖는 130계단을 내려와
다리를 건너면서 할머니 부르는 즐거운 아이들
아래로 쏟아지는 댐의 물과 계곡을
언제까지 기억하고파 카메라가 분주하고
자연의 재산을 빼돌리는 인간의 이기심
그 저력의 한계는 어디까지

다리를 건너 다시 지하 케이블카로
3000m 최고봉에는 구름이 놀고 있고
사진이나 그림이나 글로는 전할 수 없는
내 존재의 허탈함을 감동으로 환호하고파
땀의 발걸음은 계절을 먹고
산에서 산이 되어 살고 있다.

대숲에서

그대를 만난 처음처럼
대나무 숲속에 서면
엿보던 햇살
바람이 되어 퇴색한 지금에도
홍두깨 소리는 수줍어 뜨겁다

비우고 다물고 외치는 마디마디
위로 더 위로 결국엔 허공이라

뜰안 장독대에 장맛 보랴
호롱불 봉창에 삼강오륜 읽으랴
굽신굽신 기웃기웃
허나 황금의 악수를 뿌리치는
대쪽을 누가 꺾으랴

그대를 보낸 마지막처럼
대나무숲 속에 서면
하늘 가린 잎새들
깃털이 되어 날아간 지금에도
뜸부기 소리는 자꾸만 서럽다.

퐁낭에 걸린 연

하늘 높이 날을 수도 없었습니다
바다 깊이 노닐 수도 없었습니다
하늘과 바다를 씻어 불어오는
푸른 바람에 가슴만 부풀은
퐁낭에 걸린 연이었습니다

그대를 바라보며
눈물 보일 수도 없었습니다
그대를 부여잡고
손을 내밀 수도 없었습니다

그리움도 설레임도 침묵하는
검은 돌이 되어
가슴만 뚫어진
퐁낭에 걸린 연이었습니다

* '퐁낭' 은 제주말로 팽나무를 뜻함

연꽃

저잣거리엔 때 묻은 흥정이
흥정엔 뱃심 좋은 너스레가
너스레엔 덤과 에누리가
그럭저럭 살아가는
민심으로 정들고 있다

피고 지고 주고 받는
삶이 펼쳐진
넓은 연밭에 가면 괜시리
기다려지던 시골 오일장
내가 자란 장터가
물빛에 반추되는 동영상을 본다

파리떼 쫓는 춤사위로
비릿한 좌판에
수심가 한 소절 깔리고
눈독 들인 꽃무늬 붉고 흰 저고리
그 아래 물방울 초록의 폭 넓은 치마
대목장 비단전은 언제나 설레이고
이고 지고 온 푸성귀 한잎만큼

퍼질러 앉았던 하루를 털며
속바지 주머니 다독이는 파장
푸념인지 콧노랜지 흥얼대며
짐을 꾸려 훌훌히 떠난 자리
어느새 달빛이 차지하면
아이들의 마당놀이 한바탕
다섯 손가락 누이며 잠들던 장터

거룩하신 님의 뜻도 하화중생(下化衆生)이라
만물이 약동하는 넉넉한 계절에
한 송이 연꽃을 들어 미소 지으신 뜻
그래도 살 만한 세상이니라
잎새의 모양 따라 비를 맞으리

숲을 그리던 통나무집

마음 하나로 모아서 곧게 자란
아름드리 나무와
키 작은 잔가지 아래로 잡초들
이끼 낀 습지와 반짝이는 야생화
나눔의 어깨동무 노래 부르고
비켜선 사이로 미소를 남기며
8월의 공존은 진리의 말씀
숲을 그리던 통나무집

아무래도 그릴 수 없는 것은
노래와 미소와 공존의 진리
시간들은 4B연필의
검은 흔적에 졸음겨운데
살아온 사계절 파문처럼 결을 남긴
통나무들의 향기가 코를 간질이며
우주는 숲이고 생명도 숲이란다

숲은 영원한 수레에 나를 태우고
쉬지 않고 돌고돌아 나이테 몇 바퀴
호랑나비 날갯죽지에 자리 얻으면

어느 여름 밝은 눈 다시 뜨고
편백나무 가지에서
숲과 숲 속의 아침까지 그려
그 안에 그대를 초대하리라

H의 술 마시는 모습을 보며

하나 가득히 빈 잔을 채우면
투명한 바다는 안개로 덮이고
한 모금 갈증보다
더욱 절실한 것이 있기에
이유를 묻는다
어찌하여 삶은 죽음과 같이 하며
               선은 악과 같이 하며
               사랑은 미움과 같이 하는지
다시 가득히 빈 가슴을 채우면
넓은 바다는 뜨겁게 타오르고
한 모금 모순보다
더욱 절실한 것이 있기에
행렬을 떠난다
그리하여 존재보다 본질을 앞세우고
               원죄보다 인간을 앞세우고
               눈물보다 웃음을 앞세우고
빈 술병을 허무로 채우면
깊은 바다는 침묵으로 신음하고
한 모금 후회보다
더욱 절실한 것이 있기에

자신을 버린다
마침내 시간을 상실한 공간에서
　　　　믿음을 상실한 순간에서
　　　　언어를 상실한 꿈속에서

아시새

아시새를 볼 수 있는 사람은
시인이었습니다

태양과 달과 나무와 꽃과
대지의 바람에 나래를 펴는
시 속에서 살고 있었습니다

용과 학의 천둥치는
사랑의 진통으로 낳은
아시새는
구름의 강포에 싸여
존재하지 않은 듯
오동나무 잎이
초록에 겨운 어느 날
한 쌍으로 놀다 갔습니다

유유상종의 섭리를
햇살 사이에 기록하고
천년의 열매와
신들의 가람에 흐르는 물과

오로지 사랑 때문에
사랑한다는 약속만을 먹고
하여 울음도 가슴으로 울었습니다

살아 있다는 것은
우주가 될 수 있다는 것이고
그리하여 아시새는 우주이고
잡을 수 없는 곁에서
참새인 듯 사라지는 아시새
오동나무 그늘에서 시인은
울고 있었습니다

아시새를 볼 수 없는 사람도
시인이었습니다

양귀비여 슬픔이여

태어나기 위해서는
아름답게 태어나기 위해서는
아픔의 껍질은 부서지고

꽃이 피기 위해서는
양귀비 꽃이 피기 위해서는
사랑의 불꽃은 붉게 타고

그리하여
부서지고 타 버린 것은 어디에
양귀비는 용서 못할 죄값을
하늘에 묻는다

그림 앞에 불을 밝히는 그대와
사랑으로 가슴에 꽂은 대왕이여
기척 없이 들에 피는 꽃이었거늘
꽃잎 지면 시절 따라 잊혀질 텐데
외로운 이름 지어 부르지 마라

아픔과 사랑이 꼬여 질긴 인연줄

아! 어찌 끊고서 나를 찾을까
모두를 잃어도 행복한 시선들 앞에
금빛 태양을 머리에 쓰고
오늘도 군림하는 여왕으로 피는
처절하게도 아름다운 꽃이여
양귀비여
슬픔이여

꽃무릇

무릇무릇 이유 없이 찾아와
여름밤을 목적 없이 울먹여
참지 못해 토해 버린 재채기

시답잖게 찾아오는 나비야
사랑이란 속태우면 소태맛
기다리다 그 자리에 등신불

줄기줄기 농해 버린 그림자
눈물 고인 연못 속에 어룽져
도솔천에 미륵보살 아실까

서로 못 봄 타는 가슴 두드려
목탁소리 꽃잎마다 지피니
불꽃 되어 붉게 타는 꽃무릇

작약(Peony)

머나먼 전장터에서 기다리고 있다네
모란으로 피어난 그리움
다시는 그대 곁을 떠나지 않으리
작약으로 피어난 공주의 기도
이국의 신화 속에 수줍은 페오니

나뭇잎 짙어가는 6월의 오후
아담의 원죄만이 솔직한 카페에서
친구들의 함박웃음이 쑥스러운 창가
립스틱 지운 바람은 꽃잎에 연연하고
한 방울 사과빛으로 이브가 된 페오니

두리 함지박 가득 단꿈이 졸고
청혼의 다발을 두 손으로 바치며
떨리는 날갯짓 아픔으로 치유하는 작약
한 잔 커피만큼의 이탈을 꽃잎에 남기고
동산에 기댄 들무새 낮과 밤을 엮는다

시인의 마을

울도 담도 없는 마을 삽작엔
안개꽃 지천이고
가느다란 줄기 사이로
보석들이 별처럼 빛나는
시인의 마을

머리만 젊어진 파도는
고요를 삼키고 바람을 채울 뿐
작은 꽃잎 하나 영롱한 보석 하나
담아갈 여여로운 가슴을 잃은 채
잃은 줄도 모르는 슬픔도 잃은 채
떠밀려 왔다가 떠밀려 간다

겨우내 하도 쓸쓸한 마을 뒷산이 울어
눈물 낭자한 계곡엔 하늘이 놀러와
음자리 꼬리 물고 오선지에 흐르는데
밥통만 젊어진 파도는
바위를 깨트려 모래로 채울 뿐
눈물 한 방울 흐르는 노래 한 마디
동행할 따뜻한 가슴을 버린 채

버린 줄도 모르는 슬픔도 버린 채
구름처럼 밀려왔다
구름처럼 밀려간다

닫힘도 열림도 없는 사립문
호박넝쿨 지천이고
벌 나비 한가로운 잎 그늘 사이로
보석들이 별처럼 빛나는
시인의 마을

담쟁이

하얀 계절 위에
마른 선으로 침묵하던 오선지
한 소절 한 소절 잎을 피우고
바이올린 연주 담을 넘는다

울도 담도 없던 소년의 집
비어 있던 툇마루에
울고 싶은 속잎 하나
두고 오지 못하고
퇴색한 콘크리트
차고 모난 담벼락에
닫힌 이웃 넘보는
이웃으로 합창하네
어느덧 열린 문으로
저만치 창공은 손짓하는데
발목엔 또 다른 발목 하나 돋아나
어지러운 세월만 자꾸 깊어지고

울도 담도 없던 소년의 집
열려 있던 사립문에

곱게 접은 꽃잎 하나
걸어두지 못하고
수직의 현을 타는 담쟁이
아스라한 연주
낙수처럼 머문다

찔레꽃은 피는데

아무래도 아무래도 떠날 수 없어
너의 곁을 맴돌며 서성인 사십구일

현관문을 들어서도 아빠다!
달려나와 풀쩍 안기지도 아니하고
5월의 꽃길을 자전거 내달려도
씽씽 나를 앞서 웃어주지 아니하고
엄마랑 손잡고 봄나들이 소리쳐도
시무룩 듣지 못하고 대답 없더니
오늘은 두 손으로 무릎 꿇고
내 앞에 절하며 잔을 올리는구나

혼자 우는 엄마 곁을 지키며
어른스레 보일려고 애쓰지 마라
아직은 아빠 무등 떼쓸 철부지야
아픔과 슬픔만 알게 해 준
못난 아빠는 어서 잊어라
너의 성장에 거름 되지 못한
나쁜 아빠는 어서 잊어라

북한산 맑은 계곡에 새소리 들앉아
햇살이 한 소절 찔레 꽃잎에 나누는
오늘은 사십구제 유월이라 첫날
나의 갈 길을 심판 받는 날
회룡사 부처님 업장 덜어 주시니
가는 세상 아마도 오늘 같으리라

굴참나무 꼭대기에 까마귀 보이느냐
검은 날개 활짝 펴고 아주 가잔다
솔잎에 새순 같은 여린 내 아들아
아! 사랑한다 미안하다
차마 떨치고 아빠는 간다
씩씩하게 자라다오 부디 안녕히
찔레꽃은 피는데……

마쓰리(祭)

차량에게 내어주었던 폭넓은 길
8월의 성대한 축제가
앙갚음이라도 하려는 듯 물결친다

승전의 신위와 폐하를 모신 오미코시(가마)
어깨에 메고 안녕을 다짐하는 비지땀
유모차에 실린 아가짱도
기모노에 멋을 부린 나막신 여자들
시선 둘 바를 모르게 샅바 찬 남정네들
허리 굽은 노인도 소시적 그날처럼
가면의 익살스런 춤과
콧소리 옛 노래에 전통춤이 이어지고
기원의 북소리 가락에 들떠
긴 하루의 행렬로 모두가 동참
먹을거리 놀거리가 한 사흘 좌판에 북적이고
밤하늘엔 폭죽 터지는 함성으로 꽃이 핀다

세 살난 손녀는 이국땅 중앙선을 오가며
앙증맞은 춤으로 카메라 세례를 받는데
우리네 어깨춤 사물놀이 한마당이었으면

슬며시 아쉬워지는 아리랑 아리랑 귓전에
콘 치키친 콘콘 치키친
저문 거리엔 야끼소바 냄새만 남는다

        * '마쓰리' 는 일본의 축제를 뜻함

한가위

오뉴월 햇살 아래 싹이 자라 꽃이 피고
삼복더위에 영글어 익어갈 즈음
흘린 땀방울 먹고 자란 들녘이
모여든 반가운 가족에게 보답을 한다

흰쌀 반죽 콧등에 묻은 오빠 바라보며
키득키득 도란도란 빚은 송편
어머니 앞가르마 지우며
솔잎 사이로 김이 오르고

익은 반달은 더 밝고 가득한 내일의 기원
거북이 등에 새겨진 반달과 보름달 옛 얘기
몇 해를 새로운 듯 들려주시던 아버지
알밤 터지는 소리에 조상님께 머리 숙여
먼저 한 상 햇곡식 햇과일 올리며 감사하고

동네 처녀들 긴 댕기머리 강강술래
치맛자락 날리며 그네뛰기 높이높이
동네 총각들 힘자랑 씨름 한판 모래 날리고
멍석 위에 던져지는 윷놀이

무릎 치며 넘어가는 너털웃음 한판 승부
꽹과리, 장고, 북, 징을 울리는 풍물놀이 한마당
희야네 어머니 식이네 아버지 버꾸춤이 어우러지고
동네 아이들 덩달아 뒤따른다

갈바람에 물러선 강 건너 앞산 정수리에
달덩이 붉게 더덩실 떠 오르면
할머니 어머니 뒤켠에서 두 손 모아 빌어쌓던 큰언니
올 팔월 큰 보름달 가운데에 가배놀이 동참했을까

2010년 한가위 나도 한아름 밝은 달빛
더도 말고 덜도 말고 한가위만큼 채워
모난 마음 조각하여 둥글게 둥글게
달도 차면 기우는 순리대로
생과 멸의 씨앗이 되어 그저 감사할 따름으로
나누고 비우며 두 손 모으게 하소서

세미원(洗美苑)

두물머리 물길이 하나로 만나듯
파라솔 그늘에 머리를 맞댄 친구들
촉촉이 감싼 연밥은 한톨도 남기지 말아야지
정원에 들어서기도 전에 크게 이름을 부르며
벗어난 행복에 발길이 가볍다

뿌리를 고이 간직하려나 둥글넓적
펼친 치맛자락
초록 땀방울이 진주처럼 구르는 연잎
터질 듯 붉히며 아프게 찾아오던 첫사랑
갸웃이 목을 내민 연봉오리

저잣거리 질펀이는 인심에도 활짝 핀 웃음
옛 성인의 깊은 뜻 아는지 하늘 향한 연꽃
갈 길 먼 저들이나 갈 길 문턱인 우리들이나
닮아 보고픈 가슴을 카메라에 담아보고

강 건너 잠겨 있는 숲을 넌지시
안길 듯 기댈 듯 사랑으로 젖어 있는 세미원
강바람에 눈썹 날리며 피고지고 있었다

해바라기

허공을 나르던 물장구 젖은 보따리로
피서지에서 돌아온 늦은 여름밤
키만 자라던 해바라기 활짝
수은등마냥 울타리 넘보며 지키고 있다

새벽도 없이 몰려오는 도쿄의 아침
옆집 배롱나무꽃 붉히며 왔었구나
해바라기 식구 바라보는 하늘 쪽으로
돌 지난 손녀까지 우리 식구들도
갸웃이 목 돌리며 같이 웃는다

등으로 뜨거운 햇살 받으며
화선지에 해바라기 피우던 반 고흐
커다란 눈에 뜨겁게 흐르던 이별의 눈물
흐드러지게 해바라기 피우던 지오반나

간직한 채로 사라지는 그리움이
뜬 눈의 밤을 포식하고 자랐음이랴
가장 찬란한 내 사랑이었기에
타는 듯이 노오랗게 닮아가고 있다

푸켓에서 그대에게

그대여! 아름드리 고목이 된 자스민 그늘에 누워
    서로를 보듬어 줄 빈 자리 사라지고
    눈물도 보이지 못하는 웃음 뒤에 숨은 슬픔이
그대여! 푸켓 소년이 소녀가 웃습니다
    이들의 크고 맑은 눈 속에
    태초의 바다가 보입니다
    외로운 섬이 떠다닙니다
    섬의 벼랑 끝에서 자라는 선인장은
    차라리 검은 바람과 사랑을 하겠지요
그대여! 팡아만의 질긴 망글로브 숲을 보셨나요
    갈쿠리마냥 버틴 뿌리는 바다에 떠 있는 듯
    뱃길 가로수라기엔 거대한 숲이랍니다
    여행은 거미줄을 탈출한 잠자리의 비행일지라도
    두고 떠날 수밖에 없는 아쉬운 이별 같은 것이군요
    1시간 쾌속으로 수평선을 넘어 Phi. Phi. 섬
    쓰나미의 혓바닥은 전설인 듯 흔적 없고
    작은 물고기를 쫓는 무모한 평화와
    햇살 사이로 뿌리는 스콜(열대성 소나기)을 맞으며
    강가에서 맨몸으로 여름을 말리던 무공해
    어린 시절로 되돌아 갑니다

투명한 파도 속에 밀려 왔다
밀려 가는 것을 바라보고 있습니다
자신의 실수도 마이벨라이(괜찮아요)
지키지 못한 약속도 노 프로브램(문제 없잖아요)
나이는 늘 초록인 여유로운 행복을 배웁니다
코끼리 등에서 맨발로 자라는 모리안의 웃음을
선물로 드릴게요
그대여! 사랑은 오로지 사랑 때문이라고 말했더이다
섬은 외로워서 아름다운 그대랍니다

연주암 다녀왔습니다

극락세계 아미타불님 뵈옵기 전에
연주암 다녀왔느냐고 묻는다네
노보살님 허리접고 오르시는 뒤따르고
젊은 등산객들 밀어주는 기를 받아
약수에 땀을 씻으니 드디어
익선관을 쓰고 앉아 계신 효녕대군 영정 아래
경기 5악 소금강중 관악산 연주암
꽃가마 타고 갈 오색 무지개 다리 아래
헤매이는 영가들 갈 길 열어주는
염불소리 북소리에 합장을 한다
동참하는 복을 주신 부처님께 감사하고
고려적 패망의 유신들 경복궁 향해
임금을 사모하여 통곡했다는 연주대(戀主臺)
꿈속에서 새가 되어 날아와 앉은 듯
읊조리는 진언은 번뇌망상을 천길 아래로
5월이 가득한 연꽃을 붉게 피운다
신라 문무왕 17년 의상대사님은
도포자락으로 구름을 누이고
솔잎 위를 사뿐이 거닐다가 여기
한양의 남쪽 둥지에 부처님 모셨으리라

공양보시 천원의 비빔밥 대접받고
물이면서 물처럼 가볍지 않은 계곡길
용마암, 연주암, 자운암 바위 위에
두고 가지 못할 업의 무게 내려주시고
할미꽃 홀씨 되어 가벼이 가벼이
저 세상 훨훨 날으게 하소서

일본 니코에서

젖은 눈으로 사랑을 묻어둔 가슴 한켠처럼
숲은 작은 새 한 마리 날갯짓으로
물안개 구름이 되고
수천년 골 깊은 그늘에 등 굽은 바위를 휘돌아
낮은 곳으로 흐르는 속삭임들을
하늘에다 낱낱이 고하고는
침묵으로 서 있는 삼나무 홍솔나무
그 나무 허리에 아양을 떨며
아침은 나뭇잎으로 채운 풍선을 날린다

형광등 쇼윈도우에 눈이 부서
꿈인 줄 모르던 나의 동공이
커다란 소용돌이가 되어 별을 삼킨다
소리내어 쏟아졌다 부서져서
다시 솟구치는 절규
겹겹이 안개꽃으로 치마를 두르고
그녀(華嚴폭포)는 쥬젠지 호수의
물을 길러 목욕하는 백척의 나신을 숨기고
성난 꾸짖음만 듣고 가라니 아쉽다

우체국 창가에서 편지를 쓰는 시인의 행복
숲속 창가에서 편지를 쓰는 나의 행복
모두 아픈 삶의 신열이고
금빛 누각에 사는 신들이 만든
기도 같은 꽃다발이다

욕지도(慾知島)

마냥 그대로인 듯 그대로가 아닌
뜨거운 외로움 미동도 없이
섬은 깊은 세월을 바다에다 바친다
바다엔 6월의 숲이 무성해
돛을 올릴 수 없는 쓸쓸한 콧노래
좀더 먼 ― 훗날이어야 하는 까닭이리라

개굴~ 개굴~ 개굴~
꼬리 분주하던 올챙이적 친구 만나
섬은 밤새워 적막을 내몰고
내려놓으면 텅 빈 자루 속을 뒤적이다
눈을 감는 못다한 속풀이
좀더 긴 ― 만남이고파 하는 까닭이리라

짙은 안개 드리운 아침
초면엔 선뜻 마주하기 싫은 여인네처럼
욕지도는 곁에 있어도 곁을 주지 않는 섬
뱃길엔 꽃바람도 멀어지는 물여울
하얀 기다림만 남기고
알아도 더욱 알고파 하는 까닭이리라

山

— 하남시 黔丹山에서

저만치 서서
두 팔을 내어주는 그대여
무거운 시간 두려운 걸음 벗어놓고
오로지 진실한 숨결 젖은 얼굴로
안겨보라 가슴 내어주는 山

새들은 먼저 와 숲에서 놀자며
재롱 보이며 재롱거리고
나무들은 햇살 나누자며
하늘 보이며 하늘거린다
솔잎 까칠한 가슴에 기대면
하얗게 흐르는 깊은 심장소리
아, 바위 섶에 없는 듯
회리바람 꽃으로 자리할거나

붉어진 숲 기둥에 외로움 걸어두고
나보다 작아진 나의 집으로
한잔의 취기만큼 반죽이 되어
오늘밤은 그대를 빚어보리다
7월의 풍성한 초록잠을 청하는 山이여

제 **4** 부

구절초 피는 계절

높은 가을 햇살 아래 번지는
낮은 몸짓이었다

구절초(九折草) 피는 계절

아홉을 망설이다
더는 기다릴 수 없어
산에서 들에서 강가에서
나뭇잎 물들이는 바람 서성이고
풀벌레 애태우는 달빛 멀어질 때
원죄의 눈물 그대에게 바치며
절로 저절로 피고 말았다

돌아설 수 없는
후회처럼 외롭게
용서할 수 없는
그리움처럼 쓸쓸히
채찍을 원하는
팽이처럼 아프게
높은 가을 햇살 아래 번지는
낮은 몸짓이었다
그대와 나

맞물려 돌아보는 시절은
등 뒤에서 재촉하는데

아홉을 숨죽이다
더는 참을 수 없어
침묵의 샘물
그대 위해 퍼 올리며
절로 저절로 피고 말았다
구절초 피는 계절

황혼(黃昏)

차고 뜨거운 날
어둡고 밝은 길
그 사이를 비집고 비가 내렸고
비를 거두고
바람이 골목을 만들었다
자만치 끝자락 보이고
안은 채워도 비워진 무게
모두가 아래로 아래로 향한다
눈물은 정오 때 다 말라 버렸고
붉은 꽃잎 모아 깃발을 휘날리자
가야만 오리라는
기약은 없던 일로 하노라마는
사람으로 은혜 입은
아름다운 하루가
서산에 농익은 황혼으로 걸리고
바다 건너 갯벌가에
긴 — 그림자 하나
그림자만 사라진다

귀뚜라미 눈물 속에

쌓이는 낙엽 속에
기다림은 깊어가고
귀뚜라미 눈물 속에
보고픔도 짙어간다

같이 걷던 산책길에
노오란 은행잎
갈 길 몰라 공공히
됫바람에 날리고

같이 꿈꾸던 벤치에
차디찬 달빛만
빛 바랜 채 요요히
빈 자리를 채운다

날개 찢은 아픔으로
찢어지게 울어울어 지새우는 가을밤
귀뚜라미 눈물 속에
연둣빛 사랑 하나 남아 있을까
물든 약속 하나 떨어졌을까

쇼윈도우 앞에서

거리를 걷다 문득
쇼윈도우 앞에서 멈춘다
낯익은 그러나 낯선
찌뿌둥 엉거주춤 할머니
나와 마주하고 바라본다
나도 모르게 외면한 순간
허나 뇌리에 찍힌 사진
마음 장군 실수를 피하려면
걸어 두고두고 보아야겠지

굽 높은 구두 신장 속에 먼지 쓰고
빨간 원피스 장롱 속에 몇 해째
착각을 퍼올리는 마른 목소리에
약속을 짜른 인색은 다운 일이다
마음만 믿었던 나 말고 나를
거리에서 자주 만나야겠다
이젠 버리고 떠날 준비에
안으로 안으로 향하고
누구를 위해서 촛불이 될 수 있다면
감사하다고 진실로 말하리다

은빛 머리는 수고의 월계관
눈가의 파도는 용서의 미소
손등의 낮달은 하늘이 내린 상장
진달래 호들갑에 봄날이 들떠도
보랏빛 샤도우는 버려야겠다

비무장 지대(DMZ)

어머니~ 어머니~
혼이 되어 끝맺은 목소리
철새들 나래에 실려 오가는데
녹슨 이념은 철조망에 걸린 채 반세기
부서진 푸른 꿈은 한으로 멍울져
여명의 기슭에 야생화로 피었나

우리 모두는 백두산에 내리신
그분의 아들 딸
마주잡고 피안으로 보내리라
자리하신 비로자나 부처님
이 가을
갈라놓은 허리에 물든 단풍잎
누구를 위하여 피빛이옵니까

버려진 땅에도 주인이 늘어
공존의 하늘 뜻 보여주는데
언제쯤일까
금수를 놓은 강산에 허리띠 풀리고
너의 눈물과 나의 눈물이
뜨겁게 하나로 범벅이 될 그날이…

연리지

시절 따라 구울러 뿌리내린 내 자리
양지 바른 기슭인들
척박한 돌틈인들
놀다가 해 저물면 돌아갈 동무들
가지마다 푸른 잎 보태느라
햇살 찾아 어우적이고
달빛 깊어진 초침의 그루잠
연륜의 정자에서 나누는 하루
어쩌랴 그대와 나의 소리
서로 듣지 못하더니
바람소리라 누가 앞서
바람에 띄웠네
하나인 듯 둘이
둘인 듯 하나가 된 인연의 고리
사랑나무 하늘에 누울 날
자유로이 놓여날려나 선정에 든다

허수아비

침묵의 몸짓은
넉넉한 베풂의 춤사위
산 넘어 자갈밭 동네에 사는
도시에서 봉지쌀 먹고 사는
아들 딸네도 보내줘야 하니까
훠이 훠이 참새들아
조금만 먹고 가소
약은 참새들
바지저고리인 줄
모르는 척 떼지어 포롱거린다

땀방울이 별이 되어 반짝일 때면
달빛이 내려와 내 어깨에 기대어
자리 지켜온 내 천심을 위로하길래
선 채로 밤을 꼬박 단꿈에 속네

눈 내려 옷 벗고 사라지는 날
내가 이사 가는 날
어느 들판에 무슨 옷 갈아입고
누구와 나누며
허수아비 춤사위 바람을 탈까

세월

이제사 파도 위에 내린 서리가 보이고
달빛에 쉬어가는 이별이 보입니다
창을 열면 마냥 그대로인 듯
그대로가 아닌, 어느새 가을입니다

통곡을 빚어놓고 기다리라니
흘러야 산다면서 강물에 띄운 세월아
그대여! 그대 자신이 허망이로다 일러주어도
나와 내 친구는 내일을 챙깁니다

파도는 늘 새롭게 태어나고
달빛은 시절을 엮어 봄을 만들고
억새풀 손짓에 유정무정이 한 점 바람이라
오늘은 아가의 눈동자 속에
웃음이 가득할 뿐이랍니다

낙엽

가을날 아침 거리엔
아직은 체온이 남아 있는 임종 앞에 쓰러지듯
간밤 나뭇가지 끝에서 쓰러질 뻔한 바람이
수북이 처절히 쌓여 있다

꽃 보듯 낙엽 앞에 멈추었으랴마는
눈 내리기 전 햇살을 마다하기엔
오색 물 먹은 찬연함이 아쉬워
한 잎, 두 잎 줍다 보면 두 손 가득
묵은 책갈피에 미이라로 남은 낙엽 부질없음이여
후~하고 제 갈 길 날려 보낸다
60년을 일구어도 거둔 것 없는 쟁기 걸어두고
나 또한 바람 되어 갈 길 날으고 싶다

가을날 아침 거리엔
아직은 보낼 수 없는 임종 앞에 몸부림치듯
간밤 나뭇가지 끝에서 몸부림칠 뻔한 바람이
엎치락 뒤치락 뒹굴고 있다

그대를 만난 듯 낙엽 앞에 멈추었으랴마는

초록의 시절을 잊기엔
새들의 노래소리 들리는 듯 아쉬운데
한 잎 또 한 잎 보탤수록 쓸쓸한 발길
타는 편지 속에 몸을 던지는 낙엽 눈물겨움이여
휘~이 인연 따라 떠나거라
60년을 서성이던 강변에 그대 이름 걸어두고
나 또한 물결 되어 갈 길 흐르고 싶다

시처럼

청소며 빨래며 행구어 준 손등 위로
푸른 강물이 흐르는 가을 한나절
시처럼 아쉬운 가을 햇살은
찌를 흔들던 짜릿한 강기슭 지나
노 젓는 휘파람보다 먼저 와
열린 문에다 기척을 하고

보글보글 다시 데우는 사랑노래
엿듣다 풍선이 된 은행나무
저무는 지붕 위에서
노오랗게 수줍음 타는데

기다림이 바람 따라 쌓인 처마 밑
젖은 신 밟으며 들어오시라
노오란 카펫을 모르시나요
시처럼 짧아진 가을 햇살은
일기장 갈피에 노오란 행복 한 잎
마주보며 덮어두는 하루에
가벼워진 닻을 내린다
무거워진 꿈을 올린다

빗방울

비가 내리고
연해진 햇살을 위해
초록을 드리고자 깊어진 언덕
풀벌레들 그늘과 헤어지는 울음 위에
방울 방울 맺히며
페이지마다 얼룩지우고
우산 속의 내 눈물도 뒤돌아보며
풀섶에 앉았다 어디로 가는지

비가 내리고
냉정해진 바람을 위해
사랑을 접고자 입술 깨문 언덕
풀벌레들 눈치없이 안달하는 울음 위에
쓸쓸히 쓸쓸히 떨구며
걸음마다 가득 고이고
젖은 내 옷깃에 외로운 가슴 실어주며
순간에 반짝이는 나는 누구인지

가을은 달빛과 수근대며
모두가 별이 되었다네
빗방울

호박

호박이 넝쿨채 들어왔구나
폐백 떡시루 이고 덩실덩실 춤추시던 시부모님
그 모습 바라보며 꿈도 많았던 당신
모두 고향 마을 돌아앉은 산자락에 누워
하늘로 실어온 사연 호수에 새겨지면
낱낱이 읽고 염려도 하겠지요

호박떡을 할까 호박범벅을 할까
막내딸 사돈께서 보내주신
누렇게 잘 익은 호박을 손질하며
나도 이제 둥글넓적 호박을 닮았다는 것을
보고나 있는지 궁금하네요

마당 우물가에 피고지던 빨간 동백꽃을 보며
"저 꽃보다 당신이 더 이쁘구려"
남 모르게 꽃처럼 붉어지던 새색시가
지금은 호박꽃도 꽃이라고 그 축에도 밀려나고
떡도 맛있고 범벅도 얼마나 달콤한지.
넉살도 좋은 할머니가 되어 있는 것을
알고나 있는지 궁금하네요

흙담을 타고 초가지붕 위로 올라간 넝쿨에
벌 나비 소란스럽더니 보름달보다
더 큰 호박이 번쩍이던 어린 시절 우리집

아직은 기별 모르는 세살박이 손자 녀석이
호박 먹을래 호박 주세요 보채는 이 맑은 눈
할머니~ 할머니~ 재촉하는 사랑스런 목소리
보고 있겠지요 듣고 있겠지요

가을소풍

축송령 소나무는
늘 푸른 넉넉함으로
천하를 다스리고
무엇에 쫓겨 어디로 가는지
여유를 잃은 나는
점점 더 작아지고 있었다

병산서원 누각 마루에
양반다리 하고 선비인 양
묵화 한 폭 그려볼까
강물엔 별들이 내려와 노닐고
건너 산자락엔
안개 같은 그리움이 걸려 있다

다시 향하는 차창엔
낙수마냥 방울방울 매달린 사과
잎 떠난 마른 가지가 하 쓸쓸하길래
다투어 진홍색 연지를 칠했을까
그리하여 우리는 더욱 환호한다

뜻은 주왕산 바위 같은
화두를 들자 하였거늘
부석사 무량수전에 빈 약속만 남겨두고
낙엽 하나 챙기는 가을소풍
이름지어 불러주던 초록의 시절을
너에게만 귓속말로 들려주련다

산책길

가벼운 운동화 모자 챙기고
나선다기보다 돌아올 채비를 하는
그 만큼의 산책길

찾아온 철새를 대접하기엔
초라한 개천
그 개천을 따라 흐르는 하얀 바람을
가슴 가득 채우면
자신을 태워 밝혀주는 촛불 같은
그대 초대하고 싶다

피를 흘리는 동산
남은 자락이 애틋해
누운 나뭇가지 지팡이하고 오르면
쌓인 솔가리 지천인 땔나무
아궁이 장작불에 불그레 물들어
가마솥 언저리를 뜯들이시던 엄마 얼굴
하늘에 젖어 있다

게으른 속사정이 궁금한

마른 고춧대 서 있는 텃밭을 지나
아스팔트 길 위에 서면 더딘 발걸음
내 집 앞 목련가지 끝에 기다림이 영글어
돌아왔다기보다 나설 채비를 하는
그 만큼의 산책길

청산도(靑山島)

명주 비단길
명사십리 바람을 안고
완도에서 40여분
뱃길은 언제나 뒤만 따르다
멈추면 사라지는 인생길

청산에 살고파라
영원히 푸른 염원
청산도에 닻을 내리면
하늘과 바다와 땅을 지키는
신들이 먼저 와 살고 있었네

날개를 활짝 매 한 마리
살살이 꽃들이 살랑대는
거북이 등에서
범바위 위에 올라서면
어느새 섬들이 우루루
렌즈 앞에 몰려온다

나도 바다와 가을걷이를 하다

살살이 꽃물이 들어
예사로운데
물떼새 하늘을 덮어도
그들의 울음은 외로운 자유
파도는 온 세월 섬을 향해도
그들의 사랑은 부서지는
꿈의 상처

다홍치마에 붉어진 새악시 귓불인 듯
푸른 바다에 철 잃은
동백나무 잎사귀인 듯
靑山島는 늘 푸른 마음으로
살으리랏다
잊었던 악보 한 장 챙겨 주었다

9월엔

숨죽인 초록에 서성이는 눈물과
눈물 아닌 눈물이 저울질 잦더니
가벼운 손짓으로
무거운 몸짓으로
거품이 되었다

식은 바람에 투명해진 사랑과
사랑 아닌 사랑이 도래질 잦더니
남으려는 햇살과
떠나려는 그늘이
무지개가 되었다

나와 나 아닌 내가
거품이 되어 무지개를 건너다
꿈을 깨는 9월엔
풀벌레 목청이 높아
달빛을 덮는다

명성산 억새꽃

어스름 달빛도 가시기 전
정한수 떠 놓고 두 손 모아
빌고 또 빌던 울 엄마
아들 낳아 흙에 묻고
딸만 키우는 죄스러움에
손마디에 서걱이던 억새 바람
서러운 새 울음으로 날아와
鳴聲山 억새풀로 비탈지며 모였다
헤아리지 못했던 회한의 기억
잎새에 배어 아픈 통곡으로 피고
한 아름 얼굴을 맞대면
울 엄마 젖무덤으로 전해 오는 포근함
스무살 설레임 바쳐 믿었던 지아비
믿지 못할 침묵의 무덤 앞에
마른 눈물 땅 속으로 묻으며
하얀 귀밑머리 바람 앞에 망연하시더니
이 가을 명성산 억새꽃으로 피어
갈가로운 갈바람 솜처럼 부드럽게
후― 한숨 섞인 채질하시네
안개 같은 손수건 흔들어 주시네

사랑의 이중주

높은음자리표
낮은음자리표
나란히 종착역을 향한다

종착역에는 눈이 내릴까
꽃비라도 내릴까
밑창이 닳아 버린 신발 속에
남은 온기를 연주한다

사랑이라는 말은
새들이 햇살 나누려
풀벌레 달빛 나누려
세상을 채워 버린 흔한 몸살

미움이라는 말은
새들이 그늘을 잊으려
풀벌레 그림자 잊으려
세상을 비워 버린 흔한 상채기

먼─ 수평선 나를 태우고

구름 한 점 내려와
옆자리할 영원이여
바람이 노래해도
물은 울며 흐르는
사랑의 이중주

적막 속에 자유를 걸치고
자신을 기다리는
빨간 단풍잎

모과(木瓜)

아파트 2층 창문을 넘보며 자란
모과나무에서 노란 모과를 땄다
나무에 열린 참외 같다 하여
木瓜라고 이름지어졌단다

너무 못 생겨서 놀래고
너무 맛이 없어서 놀래고
너무 향이 좋아서 놀래고
동네 사랑방 우스개 같기도
오늘은 작정하고 모과차를 만들자

정수리와 꼬리가 아무 데나
시고 떫고 없는 맛이면 오히려
그런데 노른자 같은 속살에서 향이
내 열 손가락을 물들이고
온 집안에 코만 돌아다니며
바로 이 향기

도량석 목탁소리에 열리던 산사
태양이 푸르게 물들이던 바닷가

새소리 커텐을 열면 목련꽃 하얗던 창가
이 모든 곳에서 맞이하던 새벽
바로 그 향기

취해도 몽롱하지 않고 신선해지며
가을이면서 봄을 전해 주는
모과의 향을
이제사 알아차리는 까닭을
모과차를 마시며 그대와 나누리다

가을 길

가을 길을 걷노라면
멀어진 하늘 탓인지
대지에 심어진
내 발자욱을 하나하나
분갈이해 본다
한눈 파느라 말라 버린 잎새
잘 자라주어 활짝 핀 꽃
버려야 하는 썩은 뿌리

가을 길을 떠난 그대
퇴색한 내 머리 탓인지
어깨를 감싸는 갈바람으로
소리없이 내려앉아
다시 또 봄이 오려나?
물음표 눈물 마른 채
꽃상여처럼 여운 남기며
사라지기 위해 머무는 고운 빛

가을 길을 걷노라면
허공이 불어난 탓인지

소쩍새 울음 그친 먼 하늘가
초조해진 침묵이
노을에 턱 고인 채 막을 내린다.
마침표 인연 식지 않은 채
고동소리 자라나 바다로
꿈이었나 껍질을 벗는 가을 길

설악산에서

설악산의 가을은
찾아오고 맞이하는 벗들의
뜨거운 정을 그려놓은 설명이다
만나서 어우러지는 오색의 공감
접어놓은 페이지 투명해지는 약속
남아서 스스로 닦은 눈부신 연륜

추적추적 젖은 백담사 가는 길
떠나는 인사말 언저리에 쌓여
깊어진 발걸음에 담아 보는 세월
냇물이 콧등을 간질어 오늘은 웃는 날
코스모스 늦바람에 사치하는 날
구절초 보랏빛 첫사랑 추억하는 날

설악산의 가을은
다하지 못한 정이 떨어져
가슴에 담아가는 붉은 눈시울이다
저물도록 손 흔들며 퇴색하는 억새풀
아! 친구야, 수정아!
서로의 빈터에 한 무더기 꽃으로 피었었다

                −설악산에서 2010년 가을에

뒷모습

치악산 구룡사 은행나무는
생과 멸을 다— 먹고 하늘이 되었다

병아리 날개 같은 잎들은
바람에 앉으려다
바람 되어 흩날리고
흙 위에 누우려다
흙이 되어 잠든다

새벽잠 설치고
다시 찾은 이불 속처럼
치악산 가을은 단꿈 한 자락

그 자락에서 제 색깔 찾지 못해
외로운 뒷모습
정상을 향한 무모함을 알아차린
더욱 외로운 뒷모습

수다로는 데워지지 않는 소슬한 계절에
낙엽이 흘러 주야로 낯선 냇물 따라
추억이 되고 싶은 친구들과 걷는다

아기와 엄마 그리고 꽃

잦은 가을비로
바닥이 투명해진 개울가를
아기와 햇살 맞으며 걷는다
달맞이꽃 코스모스 개망초 구절초
기다리다 빛바랜 잡초 사이로
변명처럼 피어나 하늘거리고
꽃이면서 아닌 듯 철없는 크로바
무소유를 아는 아기 손에 꽃반지로
무소유를 모르는 나는 향에 취한다

님의 말씀 한 장의 책갈피처럼
찢어서 태우고
해묵은 마음 하얀 구름 조각처럼
씻어서 헹구면
아기의 눈 속에
엄마의 가슴 속에
꽃들의 순리 속에
들어가 한 점 꿈이라도
될 수 있을까

아기와 엄마 그리고 꽃

제 5 부

그곳에 가고 싶다

그립고 보고파서 눈앞이 흐려져
행여 부처님 보이지 않을까
가지 못하는
운주사 가는 길
그곳이 가고 싶다

그곳에 가고 싶다

– 화순 운주사 가는 길

한배를 탄 백성들의 순탄한 뱃길을 위해
천개의 돌부처와 돌탑을
전남 화순 천불산 치마폭에 무게를 더했다

사철 무명적삼에 잡초처럼 살아가는 이웃들 모습
낮엔 바위너설 풀섶에 돌부처를
밤엔 별자리 옮겨가며 돌탑을
어느 석공은 와불님과 함께 영면하였으리라

돌부리에 자동차 할퀴우고
구름 같은 흙먼지 뒤따르던 운주사 가는 길
30여년 전 방치되어 폐허로 잊혀지고 있던 때
조그만 사진 몇 장 안타까운 가슴 하나로
석조불감 부처님 앞에 엎드려 천일기도
공든 탑이 무너지랴 만인이 동참하고
갈아먹던 논밭에 발굴 작업 매스컴 속에
머리에 흰 타올 동여매고 가마솥에 불 지피던
키 작고 깔끔한 보살님 연월심(蓮月心) 보살님

2001년 마지막 초파일

지장전 앞뜰에 30년 같이 자란 단풍나무
잘 있어라 어루만지며 눈물 보이시더니
발품과 정성을 부처님께 바치고 가시었다
부지런히도 닦고 삶고 맛깔스럽던 손길
신도들 하소연에 정부터 주던 사투리 그 목소리
툇마루 불 밝히고 서서 반겨주시는 듯
그립고 보고파서 눈앞이 흐려져
행여 부처님 보이지 않을까 가지 못하는
운주사 가는 길 그곳이 가고 싶다

천불산 서쪽 등성이에 잠드신 와불님
긴 잠에서 깨어나 일어서시는 날
돌가루 톱밥 머리에 이고 가신
연월심 보살님 미륵불 손잡고
불국정토에 환생하시어 복락을 누리시이다

물감을 다 쏟아 버렸다
— 제주도에서

불을 토하던 한라산
無心과 화해한 날 언제였던가
긴 — 수염 하얗게 날리며 선정에 들었다

물질하던 할머니 무명적삼
물풀 따라 하늘거리다
오늘은 감귤나무에서 노랗게 익어가고

동지섣달 참았던 날숨소리
파도 따라 넘실거리다
오늘은 동백나무에서 피빛으로 피었다

모르고 모른 척 흐르다
천제연 폭포에서 깨어져
나뭇잎에 떨어진 한 방울
투명한 흔적을 찾아 소란스러운 새들

타다 남은 것이 마무리일까
테두리는 검은 돌들의 몫으로 남고

보말국 한 사발로 등 떠미는 제주도
푸른 화선지에 수채화 한 점
바람이 물감을 다 쏟아 버렸다

강물

소맷자락 부여잡고
여쭈어 봐도
마실 가기 서두르는 그대여
이 마을 저 마을 헌 집 새 집
이 사람 저 사람 참말 거짓말
깊게 비울 적에
아는 척하더니
가득 채울 적엔
모른 척하다니
강물은 흐르는 줄도 모르고
허우적 허우적 떠내려간다

한 허리를 끌어안고
한 마디 애원해도
한가로워 더욱 바빠진 그대여
이 산 저 산 바람 태우고
이 꽃 저 꽃 꿀을 심어서
가부좌 저릴 적에
소식 몰라 애태우더니
합장이 등 돌릴 적엔

풍경 홀로 울음 운다
강물은 뜻으로만 흐르는 듯
말미에 실려 떠내려간다

끊을 수 없는 나의 탯줄이
영원한 피안의 자리 접는 곳
언제나 눈 떠난 뒷전까지
물비늘 헤아리는 강언덕
그리고 강물

꿈이 익어가는 뒤뜰

시드니에는 오페라 하우스의
꽃잎 같은 갈채 소리 영원하지만
홀씨로 날아온 저마다의 눈망울로
야자나무 키재기 그늘에 꿈이 익어가는 뒤뜰
천국을 찾다 돌아온 새들의 축제가
햇살과 함께 열고 내리는 뒤뜰이 있다
하늘로만 향하는 숲길은 마침내
노스탈쟈를 먹고 자란 비취색 바다
마술의 보따리를 펼치듯 눈부시고
하얗게 톱날을 세운 파도는
굳은 시련을 깎아 모은 사막에 기대어
삶의 갈증을 울며 불며 바람에 싣는다
유칼립투스 정글은 숱한 생명을 잉태하고
푸른 면사포 두른 산맥은
새악시처럼 수줍은데
한 줄기 가슴으로 숨어 흐르는 폭포
아득히 잊지 못하는 누구에게 세상사 전하려
수직의 절벽에서 몸을 던지나
시드니에는 블루 마운틴이
접었던 비상에 나래를 달아주지만

태평양에서 실어온 요트에 만선인 고독이
여여로운 미소로 하나가 되는
꿈이 익어가는 뒤뜰
나만의 노트에 적멸의 보궁을 그리는
더 넓고 무상한 뒤뜰이 있다

우수영 울돌목

가는 듯 돌아오고
오는 듯 돌아가는
쉼없이 서두르는 소용돌이 속에서
무시한 듯 울음 우는
그대와 나

경계를 허물면 모두가 섬인데
섬은 만나서도 외롭고
헤어지면 더욱 외롭다고
온갖 푸념을 바다에다 미루고
멀리 아주 멀리 떠난 줄 알았더니
핑계도 허다하여 멈춘 지 천년인가

옆에 하면 고요하고
잊으려 하면 흐느끼는
울돌목 물길에 다리를 놓아도
건너지 못하는 건 마음뿐인 것을

살려면 죽을 것이요
죽으려면 살 것이니라

굽어보는 깊은 시름
아! 영원한 사랑이란
내가 죽어 그대가 사는 것
꼭두각시 소맷자락에 파도가 서럽다

진실인 듯 거짓으로
거짓인 듯 진실로
쉼없이 나고 죽는 소용돌이 속에서
유시한 듯 울음 우는
그대와 나

할머니, 한국의 할머니

할머니, 뒷산 고개에서 서성이다 할미꽃 되어
피고 있는 서러운 할머니, 꼬부랑 할머니.
언제라도 부르면 감싸안아 주고 용서해 줄
영원한 안식의 품안,

어릴 적 나에겐 두 분의 할머니가 계셨다.
양반 가문의 규수였다는 자존심을
조상 모시는 일에 모다 쏟으시던 친할머니.
풀 먹인 모시 적삼 옥비녀 곱게 차린 엄마 따라가면
버선발로 반기시며 눈시울 적시시던 외할머니.

어느 새 내 머리에도 하얗게 서리 내리고
안에서도 밖에서도 할머니라 불리운다.
달라진 것은 한국의 할머니. 일본의 할머니. 호주의 할머니.
여러 나라 국적이 붙여지는 시절이 온 것이다.

신작로 돌아서, 언덕 넘어, 나룻배 건너서 할머니댁 아닌
바다를 건너, 하늘을 날아서, 말씀도 낯선 할머니댁.
목소리 모습 듣고 볼 수 있다지만
부대끼며 데워지는 정이 아쉬워 그리움으로 쌓인다.

구수하고 매운 사랑을 옷고름에 매달고 사는
한국의 할머니.
먼 이국에서 자라고 있는 손자야 손녀야
잊지 말아다오 우리의 말과 역사와 긍지를.

워낭소리

우리들을 키우고 가르쳐 준
아버지와 소에게 이 작품을 바칩니다.
화면의 마지막 자막을 읽고
삼켜도 자꾸만 눈물이 솟아납니다.
일만 하다가
손발이 나무둥걸 닮아가도 아랑곳
일만 하다가
아버지… 아! 아버지…
지금의 내 나이적 고인 눈물 감추시며
입 다물고 가신 아버지, 내 아버지.

따알랑 따~알~랑~
땔 나뭇짐 걸음이 같이 겨워지는
워낭소리
땀방울 섞인 꼴을 먹고
소는 다할 때까지 함께 하는데
지친 한숨 섞인 쌀을 먹고
자식들은 실망과 서러움 말고 무엇을… 무엇을…

섬

댕그러니 혼자 먹는 식탁 위에
그대와 마주하고 싶다만
마주할 수 없는 것은
넓은 소멸과 높은 향수를
고집스레 씹고 있기 때문이리라

오늘도 혼자 기울이는 술잔
그대와 얼싸안고 취하고 싶다만
나만 취해서 버려진다 해도
바라만 보고 살아야 하는 운명인 것을
저문 개천가 산책길
그대와 어깨 나누며 걷고 싶다만
디딤돌 놓인 뜻을 모를 리 없기에
땀을 실어가는 바람에나 기대는 인색한 길

파도가 할퀴고 간 상채기도
물떼새 둥지로 내어줄 축복
그대와 나 또한
바다 위에 솟아나 손 잡을 수 없는
한 개의 작은 섬이었나 봅니다

조개껍질

너도 나도
바다에서 살고 있었다
모래밭 무덤의 세상은
아주 먼 옛날
이야기 속에서나…

단단한 껍질을 닫으면
사랑도 몰라보는 슬픔을
속살을 태우는 외로움을
보석처럼 간직하려 빗장을 걸었다

밀려오는 파도는 막을 수 없었고
그저 실리어 모래밭에 이르렀다
껍질 속에 먹여 키우던 나는
이루어놓고 다시 부수는 뜻은
어디에서 비롯하는지
알아보고자 호흡도 멈춘 자리

오늘은 빈 주름 속에 풍상이 졸고
햇살은 낯선 흔적을

하얗게 바래이는데
불협화음으로 밀어내는
바닷소리 아직도 그리워
모래 위에 서툰 기록
남기며 살고 있는
조개껍질
모래 위에 허공 한 점
지우며 죽어 있는
조개껍질

별들은 어디에

언제나 강바람이 전해 오는 안도감은
한 방울 내 삶이 떨어져
나란히 흐를 수 있는 품이 있음이랴

농익은 달이 처서(處署) 시절운에 기울고
여울마다 내려앉던 별들은 어디에…

불빛이 꽃처럼 피어나
밤도 깨어 있는 한강 유람선

드디어 강을 건너고 닻을 내리면
저 건너가 여기 되고 여기가 저 건너 되는 무상
내 안에 숨을 고르고 만선의 북을 울리자

언제나 잔물결이 전해 오는 다정함은
한 점 구름 내 삶이 떨어져
나란히 흐를 수 있는 품이 있음이랴

한 마리 새

그토록 다독였던 새끼도
먹이 찾아 멀~리 품안은 쓸쓸하고
쌓인 외로움 짙어
나마저도 낯선 기억을 찾아
둥지를 떠나야 하는
한 마리 새.

그토록 한 입 두 입 다하도록 지은 둥지
나뭇가지 성긴 사이로 여전한데
쌓인 어두움 두터워
날으던 허공 길 맴돌다 그 자리
바람 따라 떠나야 하는
한 마리 새.

그토록 비워라. 나누어라. 가벼워져라.
풀지 못한 보따리 지고 안고 들고…
휠~휠 비상의 꿈도 처진 나래에 싣고
내일도 오늘이려니……
떠나도 차마 떠나지 못하는
늙은새, 어미새,
한 마리 새.

서랍

활짝 열고 벤치에 앉으면
영산홍 꽃잎을 물고 껑충거리는 분수대
꼭 닫고 쇼파에 앉으면
강물에 젖어 초점 잃은 시간을 찾는다

앞으로 당기면 더욱 깊어지는 서랍
깊어지면 더욱 손때 묻은 세월
빛바랜 사진 한 장 바람이 된 미소
버려야지 버리지 못하는 먼지
먼지가 먼지를 아끼는 어리석음

그리하여
허기진 마음은 중생의 착각
구름은 동토의 빛을 거부하고
서랍 속에 잊혀진 채로
죽어서도 자란다

그땐 어떻게 살았나요?

갑자기 저녁식사중 정전이다
촛불을 하나둘 켜 본다
아이는 놀란 토끼눈으로 울상이다

할미가 어릴 땐 촛불 등잔불 하나로
글도 읽고 수태에다 꽃수를 놓았지
그땐 어떻게 살았나요?

물탱크 청소하느라 수도꼭지가 말랐다
화장실 씽크대 세탁기가 짜증스럽다
아이는 물을 마시고도 목말라 한다
어미가 어릴 땐 물동이로 강물을 길어다 먹고
겨울엔 언 손으로 빨래하고
여름엔 멱도 감았지
그땐 어떻게 살았나요?

돌쟁이도 핸드폰에 관심이 많다
유치원생은 비밀스럽게 돌아다니며 어른 흉내를 낸다
할미가 어릴 땐 사금파리나 풀잎으로
흙에서 뒹굴며 꽃반지를 시들도록 간직했었지
그땐 어떻게 살았나요?

금줄

넷째 딸인 내 이름을 끝가루로 지은 덕에
윤오월 부신 날에 남동생이 태어났다
끝가루가 꽃가루가 될 수 있는 축복이었다

온동네 모내기에서도 모춤을 놓고
허리를 펴는 경사중에 경사였다
삐걱 큰 소릴 내는 대문에 관을 씌우듯
빨간 고추가 달린 금줄이 내걸렸다

떡두꺼비로 자라는 동생을 안으신 아버지
"언제 호야는 何時獨逸이요~~~"
덩달아 큰언니 품앗시 모내기에도
"모야~ 모야~ 노랑모야~ 니 언제 커서 열매 열래"
더 높아진 목청이었다

내 막내딸 넷째를 낳을 때
"쯧쯧~ 하나 달고 나오지~~~"
잠결 寅時에 받아주시던 시숙모님 한숨소리에
어쩌자고 웃음을 참았던지
금줄 달아볼 기회를 주지 못해 송구스러워

보이지 않는 목줄을 나만 보고 있었다

딸이 태어났다고 꽃을 꽂은 금줄을 내걸었던
조상님도 계셨을 터인데… 아니 계셨을까?
음은 양으로 양은 음으로 기운은 변하기 마련
선견지명의 농담 어쩌자고 웃음을 참는지
탄생의 축복에 걸맞는 커다란 꽃바구니
금줄 대신 향기 가득한 산실
후손들이 밟고 갈 正道에 깔아줄 마음자리
금줄(禁繩)을 치고 엮어보리라

병원

창너머 빌딩 사이로 각진 하늘에
창백한 낮달이 신음하고
링거 주사액은 방울방울
채우는 듯 비우면서
목숨처럼 떨어지는 병실

아픔으로 인하여 생겨나고
아픔으로 인하여 사라져야 하는
강물에 실려 떠내려가다 머문 곳에
노ー란 민들레 한 송이 피어있던가

아직은…… 아직은……
더 머물러야만 하고픈
무한의 굴레를 떨치지 못하고
손바닥엔 한 알 두 알
이름 모를 약들이 믿음처럼 빛나고
사람이 사람에게 신의 약속을 기대하는 곳
Hospital

생겨남으로 인하여 아프고

사라짐으로 인하여 더욱 아픈
허공을 날으다 나래 접은 곳에
하얀 꽃구름 햇살 한줌마저
아! 꿈이었던가 꿈이었던가

감기

갈아입을 새로운 옷이
재단되고 있을 무렵
강물 속으로 강물 속으로
아가미를 모래바닥에 묻고
산소를 찾는 물고기마냥
눈 뜬 밤이 달구어진다

찾아오는 바람이었나
떠나려는 바람이었나
무심코 스쳐 버린 옷깃이었나
이유 있는 몸부림은 태풍이라던가
부서지는 물거품이 담겼다 쏟아지고
흐린 별빛 모아 등짐 지고 사막을 걷는다

갈아입을 새로운 옷이
재단되고 있을 무렵
가위 눌린 꽃밭에서 쫓거나
찔레꽃에 떨어지는 빗방울 된다

기다림은 오래지 않기를

새벽이 어서 열렸으면
어두움을 먹고 햇살은 더 많이 자랐으면
학으로 대우받지 못해도 행복한 백로 한쌍
활주로 비행하듯 강따라 날으다
긴— 모가지 가는 다리 사뿐히 내려앉아
반짝이는 아침인사 어디서 자고 왔을까

밤새워 쏟아지는 빗줄기에 충혈된 강물
소리 없이 부르며 흰빛을 쫓는다
나를 기다려줄 안개 같은 약속
초조한 풀잎만 물길에 동행하고
눈을 감아도 날을 수 없는 내일
길어진 모가지 지친 다리 하얀 슬픔
기다림은 오래지 않기를……

영화 '시(詩)'를 보고

연초록 햇살과 그늘 사이
다홍빛 조화와 절망 사이
솜털 강아지와 늑대 사이
비좁고 외로운 틈새에서
꺼져가는 몸과 마음을
결코 아름다움 하나로 버티며
詩는 주고 받는 주걱에 맞아
설거지통에서 구름다리 바람으로
실상인지 허상인지 방황한다

말을 빚어 한 줄 글로 남기려는 고뇌
횡단하는 이 아무도 없어
저만 혼자 깜박이다 다시 켜지는
초록 신호등마냥 불가피한 맹목
낭랑하던 눈망울 골 깊은 세월 되어
받아줄 강변에 앉아 비에 젖는데
한 줄기 흐르는 사랑은 너와 닮아
잃어버린 이름
그림자 속에서 뒤적인다

왜 그랬니? 왜 그랬니?
꺾인 꽃잎 하나 떠내려가던
강물이 나에게 온몸으로 묻는다
부끄러운 내 모자를 앗아가며
목숨 같은 여자를 흥정한 내게
진실의 동공이 멈추는 순간
치맛자락에 감춘 소녀도
한 줄 詩로 참았던 눈물도
너울너울 강물에 흐른다. 영원히

날으는 꽃이여

온 나라가 온 세계가 온 우주가
잠시 심장이 멎었다
눈을 감는 보호색은 드디어
태평양을 덮어 버린 태극기 물결 속에
땀에 젖은 손을 들고 일어나
한 송이 날으는 꽃을 보았다

학은 허공이 아니면 날을 수 없고
나비는 봄이 아니면 날을 수 없지만
꽃은 언 땅 위에 날을 수 있다고
대한민국의 딸이 보여주었다

아직은 고사리 손끝으로
무지개를 휘감아 달팽이집을 짓고
홀로 서기엔 아스라한 칼끝으로
우주를 쏟아부어도 찾지 못할
여신의 요염한 춤사위

서슬 푸른 인내의 눈물이
이제 곧 피어나는 꽃망울 되리니

그 꽃망울 터질 때마다 기억하리라
이 땅에 태어남이 한 없는 축복인 의미와
함께 나눈 행복의 눈물이 뜨거운 핏빛임을

자랑스런 우리의 딸이여!
얼음 위에 피어나는
날으는 꽃이여!

   — 2010년 2월 26일 김연아 피겨 여왕에게

천안함의 아들에게

붓을 든 채
무너지는 가슴이 떨어져
젖는 종이 위에
무어라 전할 말 찾지 못하고
참을 수 없는 울분에 목이 메입니다
어머니! 사랑합니다 어머니!
든든한 목소리 귓전에 뜨거운데
아버지! 잘 지내고 있습니다 아버지!
믿었던 편지 잉크도 마르지 않았는데
아들아! 대답 없는 조국의 아들아!
피지 못하고 져버린
마흔 여섯의 꽃봉오리 부둥켜안고
봄은 죄스러워
차마 눈 감고 머리숙였습니다
지상의 화약고 패륜아로부터
나라와 평화를 지키겠다며
스스로 바다로 나아간
거룩한 이순신의 후예들이여
푸른 별들이여
하늘도 원통하고 사무치게 아까워

눈물마저 마르고 절규하리라
우리 모두 살아 있음의 뼈를 깎아
흰 국화 한 송이 엎드려 바치오니
부디 평화만이 살고 있는 국토에 태어나
못다 피운 꿈
마음껏 누리소서

삼가 고인의 영전에 이 글을 바칩니다

2010년 4월 17일
김말분

한잔의 핑계

"눈도 오는데 한잔 해야지요."
나뭇가지에 한 잎 낙엽이 달랑이듯
카렌다 한 장이 초조한 창밖으로
함박눈이 내리고 있는
60대가 막내인 노인복지회관 일어교실

마음은 아이적 그대로이다
한잔의 핑계가 눈 때문만이랴
소용돌이 속으로 나부끼던 청춘
인고의 한을 매듭짓지 못한 오늘
짐이 될까 다잡아 보는 남은 시간들

"눈도 오는데 한잔 해야지요"
주꾸미 안주에 소주병을 비우며
눈이 그치면 다시 눈을 기다리는
아스팔트 길 위에 웃음을 녹여도
질퍽질퍽이며 돌아서는 고독
12월엔 누구나 철없는 혹은 철든
저만의 뜨락에 허무를 덮으리라

한잔의 핑계로
냉소의 세월을 데워 보는 눈을 마신다
하얗게 잔을 채운다
잔을 비운다

터미널

작은 도시 작은 터미널
낡고 때 묻은 간이의자에
오늘도 나는 혼자 앉았다
찾아 올 아무도 없고
찾아 갈 아무 곳도 없는데
새 옷에 화장을 하고
약속이라도 있는 듯 나서면
발걸음은 덩달아 가벼워진다

언뜻 웃음으로 다가와 손을 내미는 당신은
허공을 채우고 사라진 신기루였을까?

차가 낯선 곳으로 출발할 때의 탄성
비로소 하늘을 본다
비가 내려도 좋고 화창한 날이면 어때
눈이 펑펑 쏟아져도 그만이다
사람 사는 곳이면 정도 자라고 있는 법
작은 도시 작은 터미널
차고 딱딱한 간이의자에
내일도 나는 혼자이겠지

마른 꽃으로 걸린 해바라기

한 방울의 피마저도 다 흘리고
고이 잠든 나는 미이라
오로지 태양을 닮아 보리라
높이 높이 둥글게 둥글게

그리하여
뜨거운 사랑의 열기로
태양은 노오란 꽃잎과
가득히 영원을 주셨다.

찾아온 벌과 나비의 입맞춤은
꿀맛 따라 변하는 나그네
긴 ― 허리를 감싸고 춤을 추던 바람은
파도를 타고 온 믿지 못할 방랑자

한 방울의 물도 다 말라 버린
시간이 정지된 나는 미이라
사랑했던 태양이여
찬란했던 계절이여
퇴색한 그리움이여

김말분 시집

내 마음 어떻게 전할까

•

지은이 / 김말분
펴낸이 / 김재엽
펴낸곳 / **한누리미디어**
디자인 / 지선숙

•

121-840, 서울시 마포구 서교동 395-13 서원빌딩 2층
전화 / (02)379-4514, 379-4519
Fax / (02)379-4516
E-mail/hannury2003@hanmail.net

•

신고번호 / 제300-2006-61호
등록일 / 1993. 11. 4

•

초판발행일 / 2011년 2월 1일

•

ⓒ 2011 김말분 Printed in KOREA

•

값 8,000원

•

※잘못된 책은 바꿔드립니다.

•

ISBN 978-89-7969-379-9 03810